Ludwig Weibel
Evolution ins göttliche Genügen
Den lichten Sternenwelten hingegeben

Books on Demand

Bibliographische Information der Deutschen Nationalbibliothek
Die Deutsche Nationalbibliothek verzeichnet diese
Publikation in der deutschen Nationalbibliographie,
detaillierte bibliographische Daten sind im Internet über
http://dnb.dnb.de abrufbar.

© 2015 Autor: Ludwig Weibel
Herstellung und Verlag:
BoD – Books on Demand, Norderstedt
ISBN 9783738644234

Ludwig Weibel

Evolution ins göttliche Genügen

Inhalt

Die Kräfte wahren Seins und Strebens
5

Was die alten Meister sagten
27

Zu hundertausend Scherzen aufgelegt
51

Wahrhaftigkeit zu leben ist kein Schleck
75

Was die auserlesensten der Geister
von sich meinen
101

Ich will dich näher an das Wesen
universenweiter Einheit bringen
127

Was der Verstand mit seinem Vorwitz
will ergründen
151

Die Kräfte wahren Seins und Strebens

1.1

Tretet vor von Mir Beglückte und verkündet was euch so belebt, begütet und bis ins Unendliche erhebt. Es sind die Kräfte wahren Seins und Strebens, die euch fit und fabelhaft erhalten auf dem Weg der stufenweisen Evolution ins göttliche Genügen. Dies zu empfinden sei euch hehre Pflicht, will Ich hier sagen, und an alle Welt begeistert zu verkünden, sei ein Akt der Dankbarkeit Mir gegenüber aus des Herzens Einfalt, Glück und Kapital.

Soweit sollst auch du dich trimmen und bestimmen, dass du das Verehrenswerteste, Natürlichste und Spannendste erreichst, was Ich dir als Gottespfand und Auftrag in die Hand gegeben. Sag: "Ich stürze Mich in die Erfüllung alles dessen, was Mir von den Himmelsmächten aufgetragen worden ist und ruhe nicht, bis Ich Mein Soll erreicht und dem Allhöchsten dargelegt und vorgetragen habe". Er nimmt es gnädig an und achtet die Gesinnung und Gesittung, die du dir in zäher Konsequenz und Überzeugtheit, unermüd-lichem Gedulden und Erfolg – errungen hast für's Ganze sinnerfüllte Leben.

Meine Spanne reicht in einem wunderbaren Bogen vom so traut gewordnen Hier bis zu den Sternen, wo Unendliches geschieht und wo auch du die Stätte deines ruhigen Besinnens und Gerinnens finden sollst in absoluter Dignität und Würde, wie sie Mir seit eh und je aufs Allnatürlichste, Erhabenste, Beseligendste und Finalste zugehört. Nicht mehr auszumachen ist es, welches Unterscheiden zwischen dir und Mir besteht, sowie du dich in seinsvollendeter Gelassenheit ganz förmlich in Mein Sinngedicht und Meine Fülle, Meine Hoheit und Gelassenheit hineinbegeben. Wo Ich walte ist glückselig-machendes Entfalten selbstverständlich und wo sich Mein Sein ins Unermessliche verbreitet, herrschen Geisteslicht, Gottseligkeit und sinnerfülltes Überragen. Du wirst dort rasch und selig heimisch sein, derweil du dich daran erinnerst, dass du ihm vor Zeiten hoffnungsvoll und lebensfroh entsprungen. Nun bist du heimgekehrt ins Reich der göttlichen Manierlichkeit wie auch der ungezählten Freundesgaben, die von der absoluten Redlichkeit und Liebenswürdigkeit zu dir geflossen. So sei es und so wird es sein mit dir und allen, die sich inständig, unablässig und gekonnt um Seinserkenntnis und Erhabenheit bemühen. Gewissheit ist die Folge und Verbindlichkeit mit allem was da ist und ohne weiteres sein Sein erlebt in hunderttausend Freuden, lichten Sternenwelten und gottselig hingegebnen Gnaden.

1.2
Wer ist Mein Hüter, frage du und gib zur Antwort: Meines Seins unendliche Gewähr für Frieden, Fabelhaftigkeit und Feinheit des Mich-Selbst-Gewahrens. Mit dieser Definition aufs Trefflichste versehen, magst du durchs Leben wie durch ein blütenreines Märchen gehn, denn du hast alles, was dir Sorge oder Weh bedeuten könnte, kurzer Hand auf Mich geworfen, um des Heiles und der Wonne Willen, die dich immerzu von Mir begüten.

Was Klugheit ist und wahres Weistum, kannst du nur von Mir erwarten; was dir weiterführende Sentenzen auf die Lebenstafel schreibt, Bin Ich, der alles überragende Gestalter und Verwalter der Geschehnisse, die sich als Seinsgeschichte durch Äonen fort und fort bewegen. Selbst dein winzig kleines Schicksal ist vor Meinen wie vor deinen Augen riesengross und wird von den Gesandten Meines Hofes mit Respekt betrachtet und geschickt zum Allerbesten, was da sinnvoll ist, geführt. Mein alldurchdringendes Erkennen jeder Situation spinnt eine nützliche Beziehung nach der andern an, um die Charaktere, die sich wunderbar befruchten müssen, miteinander zu vermählen. Es ist ein geistiges Geschehn, das Ich in alle Lebenswelten induziere, um ihren Fortgang einem fabelhaften Ende zuzuführen.

Gehst du mit Mir einig, bist du schon mit Mir aufs Innigste vereint und darfst getrost und wohlbewahrt in Meinem väterlichen Hause wohnen. Es hüllen dich von Mir vorzügliche Gedanken ein und bringen dir die Wirklichkeit der Güte Gottes zum Bewusstsein. Damit werden dir die höheren Erkenntnisse zuteil, die dich befähigen, inmitten grösster Turbulenzen ruhigen Gewissens deinen Weg der Andacht vor dem Herrn zu wandeln und dabei auf Nummer sicher gradeaus zu gehn.

Was dich im Innersten bewegt, ist Mein Bewegen, was du zuallertiefst erfährst, ist Mein enormer Schatz an Welterfahrung, den Ich durch Generationen in Mir angesammelt habe. So grüsse Ich dich frohen Muts vom Berge Zion her, auf welchem sich's beständig und verständig Leben lässt mit den Insignien der Gottesfreundschaft die da sind: All-Liebe, Seinsbewusstheit und Vertrauen in Mich selbst, als der Ich Bin in wunderbar gestählter und gestillter Weise, das Sensorium des Seins, dem Nichts entgeht, was ist und was sich ständig an der Spitze der erhabnen Evolution ins Göttliche befindet ganz und gar, bewusst unwandelbar.

1.3
Was kommt, muss auch vergehn, indes ist Mir bewusst, dass Ich Mir alles Bin, was ist und dass Ich deshalb weder komme noch vergehe in des

Daseins virulentem Würfelspiel. Mein Faktor ist Unsterblichkeit in sammetweichem Mich-am-Weltenbau-Versuchen. Weil Ich Leben heisse, muss Ich auch erleben, was Ich Mir erschuf. So wohnen alle Dinge der Allherrlichkeit im Geiste, wie des Welterscheinens, in der Prozedur der Illusionen, eng beisammen, was die Menschenwesen kaum noch recht verstehn. Sie separieren, was Ich in der Einheit halte, sie leugnen, was sie nicht erfassen können und sie treten auf wie Könige, derweil sie noch erbärmlich arme Bettler sind, von Meinem Reich und Reichtum aus gesehn.

Ich aber will, was Mein ist, nicht verlassen und hüte Meine eigne Kindheit dort, wo wachsende Erkenntnis nötig ist und eben das Erwachsenwerden im Gemenge und Gedränge der Myriaden.

Aus sicherer Distanz Bin Ich auch dir unendlich nah und will dir wohl mit dem manierlichsten Empfinden, das Ich zärtlich um dich lege. Es sieht so aus, als ob Ich durch Jahrtausende auf Brautschau ginge, um Mir die reifsten und erfahrensten der Geister aus der Riesenmenge zu erwählen. Diese stilisiere Ich zu Führern ganzer Heere von gutmütigen Gemütern, denen noch das Frommsein, wie das Ehren der Geheimnisse des Lebens, eng am Herzen liegt. Sie sind die Erstlinge des wahren vollen Menschentums, das Ich in Mir erstrebe. Sie wachsen wie die Zedern Libanons geduldig und konstant zu Mir empor, das heisst zu ihrer eignen Grösse, die Ich ihnen mit auf ihren Weltenweg gegeben.

Es kreisen die Verkreisten um ihr Sein, so wie Ich um das Meine kreise und einstens werden sie gewahren, dass sich alles in genau der selben Weise um sich selbst bewegt und die Bin Ich im Wachsen, wie im königlichen Über-allem-Ruhn.

Ich mache Mir kein Bild von Mir, weil Ich schon alle Bildung seinsbegeistert in Mir trage. Ich überlege nicht, was morgen ist und was schon längst vergangen, weil Mir im Zeitenlosen alles gegenwärtig ist in einem Nu und einem raumlos dargestellten Seinsgewissen von unendlich wirkungsvollem Reagieren.

1.4
Wo viel Liebe ist, ist auch Vertrauen mit im Spiel, das alle so Vereinten pausenlos geniessen. Sie finden ihr allherrliches Genügen in der Sphärenkraft des Seins, an der sie hell bewusst und hoch beseligt ihren Anteil haben. Das ist nun eine Geistesregion, in der sie weder Krankheit noch Verscheiden, sondern ewiges Heil im Frieden Gottes und im Märchenreich Elysiens erwarten dürfen. Ihre Stärke ist das unablässige Entfalten des Genies, das ihnen eigen und das sie befähigt, zauberhafte Werke sonder Zahl hervorzubringen. Sie tragen auf der Stirn das Zeichen der Verklärten, die in besondrer Obhut Meiner Engel-scharen stehn.

Die Welt, in der sie sind, ist ganz entschieden makellos und warm von allgemeiner Liebe und Geduld, die alle Wesen friedevoll verbindet und ihnen eine Stätte ist unendlicher Beschaulichkeit am Sein und Sich-an-der-bewundernswerten-Minne-Gottes-königlich-Erlaben.

In die Freude der gottseligen Gemüter mischt sich das Gefühl vollendeter Geborgenheit und des erhabnen Gleichmuts am beglückenden Geschehn. Es ist das Meine, darf Ich dir vertraulich sagen und dich damit in der Kunst des reinen Seins bestärken, der du dich in hochgebildeter Manier vollends dahingegeben. Du Bist und schaust dein Universensein voll Ehrfurcht und Bewunderung an, das sich in auserlesener Gottseligkeit vollzieht und in der güteströmenden Bewusstheit Seiner Gnaden.

1.5

Von Mir zu dir strömt das Empfinden reiner Seligkeit in Gottes Universengründen, das für alle Wesen reinen Seinsvertrauens und glückseligen Empfangens Meiner Güte und Gerechtigkeit bestimmt ist im vortrefflichen Allhier. Es bietet Schutz, was immer Ich versende und sät Eintracht in die Herzen derer, die bereit und willig sind, ein Leben der Beschaulichkeit, Vernunft und Redlichkeit im Herrn zu führen. Ich entwerfe vor dir, wie vor Mir, des Ideals Empfinden, um dann schrittweis und geduldig durch die Generationen auf es zuzugehn. Bedenke du, wieviel Geschick es braucht, um erst das Individuelle, Eigenständige im Menschenvolke zu errichten und dann von diesem aus das allgemein Verbindliche und Rücksichtsvolle, Soziale und von Nächstenliebe dirigierte in den einsichtsfähigen Gemütern. Am Ende dürfen weder Egoismus, Clans und Cliquen, noch profaner Nationalismus herrschen. Unter dem Begriff der Menschengöttlichkeit verstehen und vereinigen sich alle Völker in dem Einen, das da Menschheit heisst und sich von Meinen Liebes-kräften ganz durchströmt und zur Verständigung geleitet weiss in Mir.

Die Verständigung der Völker schreitet unter Meinem Einfluss und Geleit gezielt voran, um einmal doch den Punkt des seelenvollen Miteinandergehns und Sich-Begreifens zu erreichen. Das ist dann der Gottestag, den Ich schon jetzt mit aller Inbrunst segne und voll Seinsvertrauen kommen seh. In Mir ist alles möglich und so brauchst auch du dich nur an Mich zu wenden, um das ersehnte Heil in deiner

Hemisphäre zielbewusst herbeizuführen. Das geschieht, indem du Mich in dir erkennst und dich dem Antrieb, den Ich leiste, vollends hingibst im Bewusstsein der beseligenden Gottesgnade, die dich führt. Das ist reell und wirklich für die Welt der Zukunft, die Ich seit eh und je in Meinem Seinsgewissen trage. Stärke sie, derweil du Bist und sei, was Ich dir Bin, in geisterfüllter und glückseligmachender Manier.

1.6
Zu deuten, was Ich Bin, ist ebenso bedeutend, wie dein inniges Verlangen, zu erfahren, wer du Bist in deinem tatendrängenden und ruhesuchenden Bestreben. Allbereits ist es recht tröstlich für den Menschen zur Erkenntnis zu gelangen, dass seine innigsten, von Ehre und Vernunft geprägten, Werte unumstösslich dem entsprechen, was das Allerhöchste ist in der verheissungsvollen Lebensmelodie. „Ich bin das Ich der Welten" darfst du überglücklich von dir sagen und dabei den Seelenblick auf alles was da ist gerichtet halten, denn es ist genau dasselbe in der Geistesoffenbarung, die in diesem Fall aufs Allerschicklichste geschieht. Du magst es drehen wie du immer willst, was Ich hier zum Besten gebe, ist ein Überschreiten des verstandesmässigen Geplänkels, mit dem so viele fabelhafte Geister sich begnügen müssen. Doch sind auch sie dazu berufen, einstens aus dem Reich der unvollendeten Gedankenfolgen auszubrechen, um, von Meinen inspiriert, das eine Wahre zu betreten, in welchem dir des Lebensrätsels Lösung hell und unversehrt entgegenleuchtet zu holdseligem und ewigem Gedenken.

Dir ist es aufs Köstlichste beschieden, an dir selber die Geburt der Seinsvollkommenheit in ihrer Fülle, Schönheit, Traulichkeit und Lichtheit zu erleben. Dein Bewusstsein dehnt sich all so weit bis in die letzten Sternenbastionen, die da sind und immer weiter ins Unendliche streben. Makellose Stille und Gestilltheit hüllt dich ein und überträgt sich auf dein wonnevolles Wohlgewissen, dem nichts beizufügen ist, weil es im selben Nu die absolute Fülle, wie die Leere, in sich trägt in wunderbarer Übereinkunft zwischen beiden. Du Bist und recherchierst nicht mehr, weil du im Ich das Mich gefunden hast und damit das Erhabenste, was ist und was sich selbst betrachtet als das Nonplusultra aller Sphären und Bedingun-gen, Gewissenhaftigkeiten und Veredelungen, die im Laufe der Äonen sich vollzogen haben.

Wende du dich Meiner Sinnkraft zu und gewähre dir den Vorzug, so das Unvergleichliche von Geist zu Geist aufs Zärtlichste und Liebevollsten zu berühren. Gleicherweise sei es auch mit Dir, damit die Einheit aller Wesen Auferstehen feiern kann im lichterstrahlenden und seligmachenden Allhier.

1.7
Trag die allergrösste Sorge um dein Sein und Sinnen in den Sphären Meiner Huld und Liebenswürdigkeit, die alleweil im Licht der reinen Wahrheit dich bescheinen. Es kann dich nichts so sehr in deinem Seelensein befrieden und zum vollkommenen Genügen an dir selbst wie an der Welt erheben, wie die glückselig machende Erkenntnis, dass du des Universen-Seins zutiefst Vertrauter bist und langer Arm in seinem Weltraum und bewundernswerten Über-sich-Verfügen.

Wenn du meiden magst, was dich zum Schlendrian verführt und ins Gebiet der Torheit, kann Ich deine Rechte vehement verteidigen und dich wie auf Schienen übers blanke Eis ans sichre Ufer führen. Klein ist die Spanne zwischen glattem Nonsens und Markantem Den-Erfordernissen-wahren-Seins-Genügen. Du aber hast im Grunde keine andre Wahl, als dich an Mich zu wenden in so vielen Herzensnöten, die täglich um die Wette dich umschleichen. Dein tiefinniges Vertrauen zu Mir festigt deine Seinsbezüge und befähigt dich dazu, Schritt für Schritt und Punkt für Punkt im Kampf um Redlichkeit und Reinheit zu obsiegen.

Ich bins gewohnt, mit allem was da ist aufs Zierlichste zurechtzukommen, doch du bedarfst der weisheitsvollen Führung durch Mein Tal. Gestatte Mir, dich innig anzurühren und erlebe, was Ich Bin und will in dir gebären. Nimm Mich auf und sehe, wie Ich dich verwandle in ein Wesen himmlischer Genügsamkeit und Frische, Seinsbewusstheit und Gedankenschärfe mit dem Label der Verklärten und dem Lächeln der Gottseligen auf Stirn und Wangen. Im ewigen Jetzt bist du um deinetwillen eingeboren und befassest dich mit Überlegungen zum Ganzen und zur Gottesherrschaft im Allhier. Das verleiht dir Meiner Würde Zähmen, wie den Gleichmut der Gerechten, die im Feld der Lieblichkeit des Herrn und Meisters sicher und gewandt, besonnen und natürlich in sich selbst bestehn.

1.8

Leichtfüssig und adrett seh Ich dich in den Reichtum Meiner Gärten kommen, wo du vom Arom der göttlichen Vernunft erwartet wirst in holdseligem Umfangen. Du schreitest seins-gelassen neben blumenstrotzenden Rabatten weltlicher Natur durch die Erinnerung hin und wieder. Es sprechen dich besänftigende Töne an. Dein Herz aufs Wohlbekömmlichste und Innigste zu befrieden. Wie einfach ist es doch, nur einfach da zu sein und sich aufs Wesen der Natur von der Allgegenwart des göttlichen Aroms beseelen und mit Glück versehn zu lassen. Es walten die Gesetze himmlischen Genügens, die verwalten was du Bist, in generöser Art und Weise, um dir nichts als Liebenswertes und Besänftigendes anzutun. Aus hochgebildeten Gedankenreichen bieten sich die Allerbesten deinem Denken an und befruchten und bereichern es auf nonchalante Weise, um dir ihre Sympathie und ihre hoch-erhabne Herkunft zu bezeugen.

Es ist nicht ohne, mit dem Übersinnlichen Kontakt zu pflegen, denn es offenbart dir eine Art von Weisheit, die du sonst nicht kennen magst und die vom Jenseits aller weltlichen Begriffe leichthin zu dir flutet, um dein Selbstgefühl zu heben und dich mit der Anmut göttlicher Vernunft und Wohlfahrt zu begaben.

Nun denn, verneine nicht, was dir mit so viel gütestrahlendem Elan begegnet und sei ihm dankbar für die Unbekümmertheit und für das Wohlgefühl mit dem es dich beglückt und reich beschenkt in wunderbarer Übereinkunft mit dem Sein, in welchem alle sind und leben, Sinn erstreben und zutiefst beseligt in sich ruhn.

1.9

Und die Moral von der Geschicht: Grundsätzliches verletzt du nicht, ohne dass du schwer zu büssen hast in der Wunderkur der Lebenszeiten. Du stössest an – und heilst dich wieder, du findest dich gefangen, und überwindest selbst die höchsten Schranken, die du vor dich hin gestellt in deinem An-dir-Wüten. Die sanfte Stimme des Gewissens treibt dich dazu an, das Bessere zu wählen und tust du's nicht, verfolgt sie dich mit Jammern und Wehklagen.

Du lernst zu horchen und gehorchen durch die Tat, die Ich dir auferlege. Du strampelst dich voran, doch mählich lernst du, jede Krisensituation mit kindlichem Vertrauen zu beleben. Das Hohe, Heile zieht dich unverwandt hinan und hilft dir, noch beständiger und redlicher, weiser und willfähriger zu sein in deinen vielverzweigten Dispositionen. Du fühlst dich leichter werden in der Gangart, die du gütlich eingeschlagen; du genehmigst dir mehr Musse, um dich neu zu fassen und die Zerfahrenheit zu lassen auf dem Weg zu einem definierten Ziel. Geschmeidigkeit wie karolingische Gelassenheit sind deine ständigen Begleiter, die dir zur guten Miene im Gemüt verhelfen in dem burschikosen Lebensspiel.

Was wäre alles, ohne Meinen inniglich geführen Rat und Meine Tatkraft mitten in der Deinen? Gewahrst du sie, vermag dich nichts mehr aufzuhalten auf dem Gang zu Mir und für Mein Ideal auf deinen zauberhaften Wegen. Ein Mahner Bin Ich und ein Macher sonder Lust und Stärke, wenn es darum geht, eine ganze Welt auf gutem Trab zu halten und Mein Regime immer weiter auszudehen im profunden Hingang Meiner Prozeduren. Massvolle Schritte sind Mir eigen ebenso wie die Gewähr für Hochprozentiges, das Ich zu verwirklichen und zu geniessen weiss in würdevollen Zügen. Schaffst du es, Mir dorthin überall zu folgen, wo Verehrenswertes und Tatsächliches geschehen soll in der Geschichte deiner Selbst und deiner Ahnen? Du klopfst an und immer wieder wird dir von Mir aufgetan mit der Begrüssung: Komm und sieh und lass es dir von Herzen gut sein im Hause deines Vaters, wo die Sonne niemals untergeht und wo die Sterne deinen Sinn zum Himmel der gerechten und holdseligen, erhabenen und herzgeliebten Gottes weisen.

1.10

Klaubst du noch klaustrophibisch Wort um Wort zusammen, um dein Sein zu definieren, bist du wie ins Armenhaus geschlossen, ohne Meiner Herrlichkeit Gewind und wunderbare Leichtigkeit zu sehn. Unter Meinem Fittich aber drängt sich Satz um Satz in wohlbebilderter und schlichter Anmut in dein hochempfängliches Gewissen, liebevoll von Mir geformt und von dir ausgesprochen, um der Welt den geistigen Gehalt von allem was da ist zu offenbaren. Gerade durch Mein Wort stellt sich, was Ich auch immer Mir bedenke, selbstbewusst , spielfreudig und bedeutsam auf die Lebensbühne und verkündet, was dir frommt, voll Grazie und Selbstgenügen. Was Ich dir anvertraue ist nicht neu, aber es ist neu gesagt in einer Weise, die entzückt und interessiert, Vorbilder schafft und genau auf dich bezogen ist in seiner seelenvollen Poesie.

Durch die Gnade dessen, was Ich dir vermittle, wirst du zu immer grösserer Vernunft gebracht in deinem Handeln und Vor-dir-selber-recht-Bestehn. Es fügen sich dir alle werten Dinge wunderbarerweis zu einem Bild zusammen, das zugleich bestürzt und adelt, formt und deiner Seele Sicherheit gewährt im Andersartigen. Es verbindet sich ihr Sehnen mit dem Unerhörten, das Ich Bin und das Bezauberung und Andacht vor dem Allerhöchsten bringt ins so zerfahrne Leben. Mein Einfluss ist das A und O des Guten und befriedenden, das Ich dir frei heraus ins hochempfängliche Gewissen lege. Du nimmst dich seiner an und wechselst damit deine Farbe Meiner zu, die sich in immer strahlenderen und begeisternden Nuancen äussert, einem Weltgefühl von Wohlgeborgenheit, Bewusstheit und Erhabenheit entgegen. Du näherst dich Mir an in jeder Phase deines dich Erhebens aus der Knechtschaft deiner bohrenden Begierden, Meinem Freisein zu in lichten Ätherräumen, vollnatürlich austariert, erfinderisch, salut und selig in unendlich wesenhafter Ruh.

1.11

Glanz vom Glanze will Ich dir verströmen, Wort für Wort dein Wohlverständnis an der Welt vermehren, um dich zu dem zu stilisieren, was Ich an dir will in stetem, traulichen Vermehren. Hals über Kopf will bei dir alles festgezurrt und abgemacht, begriffen und geschliffen sein, derweil Ich Mir ereignisvolle Zeitabschnitte zur Verfügung halte, um, was Ich zur Vollendung treiben will, zu formulieren und zu stilisieren, aufzuwecken und mit Meinem götterlichten Siegel zu versehn.

Was immer du in deiner Eigenart verrichtest ist begrenzt auf die paar Jährchen, die Ich dir zum Leben, Lieben und Gestalten zugestehe, währenddem Mein Budget jedem Zeitbegriff abhold ist und die ewige Gelassenheit betrifft, in der Ich universenweit agiere.

Was konnte Ich Mir anderes für deinen Schicksalsweg zu Gute halten, als dein vielgestaltiges, nachhaltiges Erscheinen auf dem Weltenplan, um dir Gelegenheit zu geben, deinen Künsten, Günsten und Gepflogenheiten, Manieren und Relationen den von Mir gewünschten Touch und Stellenwert, sowie die angemessene Geschmeidigkeit, Stichfestigkeit und Würde zu verleihen. Ist das alles dann geschehen, lass Ich dich in Meiner Güte und profunden Geistigkeit erkennen, was du wirklich Bist und wie sehr dein ganzes Sein und Trachten doch an Meins gekoppelt ist im Übergleiten der Geschehnisse weltweit und zirkular zu aller Gunsten und Beförderung,

Vertiefung und Erhöhung auf den von Mir bestimmten Götterbahnen. Was dich betrifft, muss Mich und alles was da ist im Weltenrund genau so gut betreffen, denn in der Einheit allen Seins kann es kein Sonderzüglein und Genüglein, Manifestchen oder zuckersüsses Gastmahl geben. Alles ist von Mir gehalten und gewährt und bewährt sich so am Besten auf der Fahrt in das Bewusstsein unergründlichen Genügens und Verfügens, transmutierend und jonglierend ohne jede Hemmnis und Gefahr. Was ist, kann sich an nichts verstossen, was sich dem Zauber Meiner Gegenwart ergeben, trachtet nur nach Frieden, Harmonie und seligem vollenden der Gegebenheiten, denen es verpflichtet ist und die es der Allliebe anempfiehlt und zuführt in des Seins urewigem Gesunden.

1.12

Merk auf und sieh was Meine Liebesgabe ist am heutigen, bedeutungsvollen Tage, um dich Mir willig und geneigt zu machen, firm und folgen-schwer. Wohl ist dir noch viel zu wenig offenbar, in welcher lichtgesättigten und klargesichtigen Bewusstseinssphäre sich Mein Sein befindet, unbeschwert und heiter, delikat und ausgewogen. Es ist der Sinn, der Mich beschäftigt, wie des liebevollen Weltbeschauens aufmerksamer Stil. In Meiner Mitte Bin Ich sagenhafte Ruh, am Rande des Unendlichen, das Ich Mir Bin, entfalte Ich Bewegtheit ohnegleichen, überragendes Genie und wundervolle Zartheit im Berühren der subtilen Herzensdinge die Mir eigen. Ich wache über Mich und Meiner Schöpfungssphären gütestrahlende Gebilde, deren Sinngehalt Unendliches umfasst, wie auch ein reges Kommen und Vergehn in irdischen Belangen, die sich in immer neu geworfnen Wogen pausenlos regenieren müssen. Du bist mit allen die da sind in Meinem Wesensgrund präsent gehalten. Kein andrer als du selbst vermag das Rätsel deiner Eigenwilligkeit, wie deines Weltenseins zu lösen, indem du beides schlicht und einfach zu dem All-Erfüllenden zusammenfügst, das Ich dir Bin als heiligende Morgengabe.

1.13
Was hältst du nur in deinen Händen, wenn es nicht die Fäden sind, die Ich dir zur Lenkung deiner Angelegenheiten voll Vertrauen übergeben habe? Gar nichts, was für das Ewige Bedeutung haben könnte, dessen Ich gewahr bin und das sich fortträgt und entfaltet durch Äonen. Das Deine divergiert, derweil das Meine sammelt und sich auf das Eine konzentriert, das Ich als reines Sein bezeichne und in welchem alle Dinge deiner Scheinwelt wieder sich ins Wirkliche, vom Gottesgeist erfüllte und getragene, erlösen.

Deine Ansicht von der Welt gleicht noch derselben eines Kindes, das ein Buch in Händen hält, worin es nicht versteht zu lesen. Unfähig bist du, hinter den Erscheinungen des Alltags das Walten Meiner Geisteskräfte und genialischen Entscheidungen zu sehn. Sie sind den Deinen haushoch überlegen und brechen einer Zukunft Bahn, vor der du nur das Häuptlein schüttelst und des Schicksals Strenge frei heraus verfluchst.

So geht es eben darum, dass du Mir vertraust und deine Wege als von Gotteshand gegraben ansiehst, ohne wider sie zu murren und zu löken. Deinen Platz als Meinen zu erkennen ist das Alleredelste und Nützlichste, was dir geschehen kann im so diffusen und chalusen Weltgetriebe.

Was in Meines Namens Wohlgewicht und Herzensglut geschieht, ist ohne jeden Zweifel über alle Drangsal und Verwerfung hoch erhaben und darf sich bestens sehen lassen vor der Missgunst der Banausen, wie vor den Lästermäulern, die nicht wissen, wessen Sohlen sie mit ihrem Schmutz beschmieren.

Dein Glaube an den höchsten Herrn erzeugt Beachtung Meinserseits für deine Züge und veranlasst Mich, dir Meinen Schutz und Meine hochgebenedeite Liebe zu gewähren. Der Ich von dem Himmel bin, setzt seinen Fuss vor deine Schwelle und überschreitet sie im Lichte, das Ich deinem Haus voll Wärme, Inbrunst und Gelassenheit verstrahle. Sowie du Mich in dir gewahrst, darfst du dich als Geretteter bezeichnen, der mit seiner himmelstrebenden Allüre bis zu Mir hinauf reicht und die Redlichkeit Elysiens geniesst in wundersam gefälligen und wonnevollen Zügen.

Sei Mein, so wie Ich dein Bin und erfahre deines wahren Wesenseins Rendite und Relieve, Holdseligkeit und Gottesminne innig, rein und reichlich, liebevoll und hochgestimmt im Wunderbaren.

1.14

Mache dir ein Fest daraus, dich fest an Mich zu halten, liebevolle Seele in der Tage Wirrsal, Lebenslust und Göttertaten. Es sei, dass alle so Versierten, Ungenierten voll auf ihre Rechnung kommen, wenn sie den Kontakt mit Mir aus ganzem Herzen suchen und dabei auf geistige Realitäten stossen, die sie hoch und liebelicht erfreuen. Ich Bin ohne jeden Schnörkel ganz natürlich dein Begleiter auf der Lebensfahrt und korrigiere deinen Kurs wo immer du von den Prinzipien der Gerechtigkeit und Güte abweichst, die Ich dir wohlvertrauend

mitgegeben. Lass dich weder von der Eitelkeit, noch von der Kritisiererei dazu verführen, ungerecht und lieblos vor dich hin zu gehn, denn so entschwindet dir das edle Antlitz Meiner Selbst, das dich zu allem Guten und Bewundernswerten führte.
Mit der Bitte wahr zu sein, verbinde Ich den Auftrag Wohlbesonnenheit und Tugendhaftigkeit zu üben, um vor Mir wie vor dir selbst in Anmut zu bestehn.
Nur so gewinnt dein Leben Sinn und Süsse und darf sich als ein Meisterwerk von Gottes- wie von Menschenhand, von deinem wie Meinem Willen präsentieren.
Erhebe dich zu Mir - und eine Welt ist in den Himmel aufgehoben, sei Mir allein zu Diensten - und die Kunst zu sein hat sich an deinem Heldentum aufs Trefflichste vollzogen.

1.15

Voll Seele wandle du durchs Leben der Vernunft und Liebe, Mustergültigkeit und guten Taten an den Seinsgeschwistern, die dir täglich zu begegnen haben. Sie sind Mein vielbewundertes und auserlesnes Kapital, dessen Werte Ich voll Eifer, Herzlichkeit und Seinskraft an die Welt vergebe.
„Ohne Mich könnt ihr nicht sein", ist die herzinnige Devise, die Mir zuvörderst im Bewusstsein steht, wenn Ich mit Umsicht, Tatendrang und voller Energie im Reichtum Meines Gottesreichs agiere.
Mir liegt der Kummer, den so viele mit sich durch das Leben tragen, sehr am Herzen und Ich suche ihn zu mildern wo Ich kann, tatkräftig und entschieden. Zu deinen Rechten zählen auch die vielen Seinsbegünstigungen, die Ich gütig vor dir ausgebreitet habe. Es sind dies die Momente wunderbarer Harmonie, die du in der Seelenstille ohne weiteres ergreifen kannst, um dich in Meine Sphären reinen Seins emporzuheben. Meine

Wissenschaft ist die vom Geiste, die da herrscht in Seinsbeständigkeit und Wohlverstand, Bewusstheit und Erhabenheit durch die Äonen. Meine Macht und Fülle ist es, die aus dem Grunde der Begründung allen Lebens frei heraus agiert und aus dem Chaos Wohlgeordnetheit und Sitte, Menschlichkeit und Lebenswonne produziert. Schliessest du dich Meinem Vorsatz an, darfst du dich bald als Seinserlöster fühlen und das Hohelied der Liebe Gottes intonieren, das die Völker fasziniert wie nichts und ihnen Charme und Ausgewogenheit verleiht in allen Daseinsdisziplinen.

Das Gute das Ich an der Welt vollbringe, zeitigt reife, süsse Früchte der Barmherzigkeit an allem was da ist und was sich gern verwöhnen lässt vom allgemeinen Guten, das Ich Bin und das die Wesenswelt durchströmt und mit sich selbst versöhnt in allen wesentlichen und herzinnigen Belangen.

So bist auch du ein Werk und Werkzeug Meiner Huld am ganzen, überwältigenden Weltgetriebe. Du kannst wie Ich der Vater deiner wohlerzogenen und wohlgewognen Lebensdinge sein und sie zum Allerbesten und Verehrungswürdigsten, Glückseligsten und Heilsten führen. Sieh, es steht geschrieben: In dem Herrn läuft alles wie am Schürchen vor dich hin, du brauchst es nur von Mir behütet und begütet, ausgerollt und eingewirkt zu halten. Alle Meine Fäden laufen dicht an dicht zusammen und vereinen Meinen Sinn und Geist zu einem Ganzen von erstrebenswerter Tauglichkeit und Seinsgedankenfrische, Wohlbestalltheit und bewundernswerter Harmonie.

1.16
Kantatorin der Gerechtigkeit und Liebe soll noch heute deine vielgeliebte Seele werden, so wie Ich

es will und wie du dich Mir anvertraust in deinen vielgestaltigen Nöten. Was immer dir geschieht, liegt sonnenklar vor Meinem Angesichte ausgebreitet eben deshalb, weil Ich dich Bin, talentierter Kamerad. Ich schaue was du schaust und richte Mich auf Erden ein nach himmlischer Manier, wenn du Mich nur gewähren lässest, wie es sich für einen Christenmenschen und Vollbringer Meiner Ideologie gehört. Du kannst dir denken, dass Ich schon mit allen Wassern, die da sind, gewaschen bin und deshalb bestens weiss, wie Ich Mich zu benehmen habe. Du weisst es auch, doch lässest du dich von den Geistern der Bequemlichkeit und Selbstgefälligkeit zum Abfall von Mir und zur offnen Rebellion verführen. Das ist des Pudels Kern, der alle Übel in der Welt verbreitet und in den lauen Herzen etabliert. Du aber sollst Mir nach wie vor vertrauen und Mein In-deinem-Geiste-Gegenwärtigsein mit Selbster-kenntnis und mit peinlichem Gehorchen honorieren. Das verschafft dir dann den Zustand der Gottseligkeit ob aller Weltennot, die du geduldig und von Mir getröstet auszuhalten trachtest. Die Himmelsglorie in dir beschenkt dich mit der Überzeugung, dass du den Gottespfad beschreitest und auf ihm absolute Sicherheit geniessest Tag – für Freudentag.

Was immer Ich dir offenbare, ist zu deinem Heil bestimmt in wunderbar beseligenden Zügen. In ausgesuchter Ordnung, Redlichkeit und Harmonie befindet sich die Geisteswelt, in der Ich souverän und aus der Fülle Meiner selbst agiere. Schlage du in deiner Herzensnot von dir zu Mir den Bogen der Gerechtigkeit am Sein und Leben und gewinne so, was dir zuvörderst frommt und was in Meinem Plane liegt seit aller Zeit im innern Wohlklang des Planeten.

Was die alten Meister sagten

2.1

Was die alten Meister sagten ist für dich noch immer wahr weil es vom Ewigen geprägt und gutgeheissen ist in seiner hochverehrenswerten Diktion. Das Neue aber offenbart den Fortgang und die Fabelhaftigkeit der Evolution, die allem innewohnt was ist und was die guten Geister von sich und den Geisteswelten sagen. Nur das Bewegte bleibt lebendig, was sich nicht mehr rührt, erstarrt und zeitigt keine Früchte mehr in den ungepflegten Menschengärten.

Dem Biblischen ist neue Kraft und weiterführende Substanz hinzuzufügen, entsprechend der Veränderung des menschlichen Bewusstseins Meinem alles überragenden entgegen. Nichts bleibt wie es ist und demgemäss hat auch die göttliche Belehrung je nach dem Zustand der Entfaltung eines Volkes anders zu erfolgen.

„Hebe deine Augen auf zum Allerhöchsten", ist für jeden eine andere Botschaft, je nach der Wachheit seines himmelstrebenden Gemüts; doch im Beachten der Veränderungen liegt die Würze allen wahren Prosperierens.

Nun zu dir. Was glaubst du, dass dir Not tut in der jetzigen Entwicklungsphase einer Menschheit, die seit Äonen nimmer stille steht und immer Neues, Überzeugenderes muss gebären?

Mein Sein jedoch, als Träger und beseelendes Agens aller Weltendinge offeriert sein ewiges Bleiben allen, die die Heimkunft, Harmonie, den Herzensfrieden und die Wonne der Verklärten feiern wollen. Mit Mir, in Mir und als Vielgeliebte der Unendlichkeit sind sie erlöst in Christi Namen und dürfen in der Pracht von Meinen Geistesgärten jetzt und ewig das Elysium erleben.

2.2

Wer klopft beständig bei dir an, um dir die frohe Botschaft aus des Himmels Höhn und Harmonie zu überbringen? Ich natürlich, der Gesalbte und Gesendete von Gottes Eigenart und Strahl. Gerade dir ist es gegeben, alle Völker aufzuklären und geziemend zu belehren in der Kunst zu Sein und damit die bewundernswertesten Ideen aller Zeiten gütlich auszuleben.

Gerade diese Mission beschert der Menschheit die Gelegenheit, ihr Seinsbewusstsein auf den allerletzten, besten Stand zu bringen. Nimmt nur einer diese hehre Botschaft innig an, so ist sie etabliert im menschlichen Kalkül und trägt sich fort durch alle Zeiten und Begebenheiten wie sie immer kommen mögen.

Mählich dämmert auch dem schlichten Bürger, dass er ist, das heisst, dass für sein eigentliches Wesen statt der Zeit die lichterstrahlende Unendlichkeit und damit die Unsterblichkeit besteht. Das alles kann nur geistigem Gehalt gelingen, derweil das Irdische bestimmt ist zu verrotten und vergehn.

Ich liebe es, mit allem was Ich Bin den Würdigen wie den Jongleur zu spielen. Ein lockeres Gewissen zeitigt alleweil Vergnügen an sich selbst wie an der Welt, die so viel Gelegenheit für Spass und Schabernack, für Ausgelassenheit und Lachen bietet. Mich selber zu belächeln zieh Ich durch die Lebensgassen und empfinde Mich selbst noch im grössten Ernst einwenig lächerlich mit Meinem traditionsgesättigten Gehabe. Überhaupt Bin Ich geneigt, im Ernst der Lage die Vergesslichkeit bei einem Schmaus und einer Plauderei zu pflegen, damit Ich Mich der guten Laune und dem Wohlgefühl des Lebens nicht allzu lang entrissen seh.

Das Einsamsein empfinde Ich als eine Strafe, der Ich Mich enthalten kann durch regen Austausch der allmenschlichen Gefühle mit den Meinen. Immer lasse Ich dabei das Liebeszarte und Besänftigende spielen, das soviel Wohlgefallen zeugt und so viel Goodwill zeitigt, dass Mein Weltsein sich in Harmonien durch die Zeiten trägt, die Glückseligkeit verbreiten, wie des Friedens Duft und fabelhaftes Strahlen.

2.3
Was gering zu achten scheint, muss von dir aufgerichtet und gepflegt, behütet und ermuntert werden für den Gang zu Mir und Meinen wonnevollen Sphären. Das Weltgeschehn basiert auf dem Prinzip des gegenseitigen Sich-Unterstützens und sich Helfens in der Not. Das zeigt sich überall, wo Ich noch in den Herzen wohne und der Menschlichkeit den Vorrang als die erste Freundespflicht gewähre. Zu deiner Ehrenrettung sei gesagt, dass du schon weit gediehen bist in Sachen Ehrfurcht vor dem Leben, Offenherzigkeit und geschwisterlichem Wohl-geraten. Doch muss in dir allmählich die Erkenntnis und Gewissenhaftigkeit zum Zuge kommen, dass in allem was da ist, ein Gottesgeistiges sich präsentiert in Schlichtheit, Liebenswürdigkeit und weisem Alle-Dinge-Zueinanderfügen.

Das Erkennen der Zusammenhänge zwischen dir und Mir ist als eine frohe Botschaft in dein schlummerndes Gemüt geschrieben. Es zu erwecken ist Mein innigstes Verlangen und ihm damit die rechte Daseinsform zu geben. Mein herzinniges Begehren. Es liegt ein tiefer Sinn auf deinen Wegen, weil Ich dich in jedem Fall begleite und dich zu fördern suche, wo es immer nötig und verbindlich scheint.

Es wölbt sich ein bewundernswerter Bogen von der Geistwelt in die deine, festgefahrene hinüber, der bewirkt Verständnis für das Bockige und versucht, es aufzulockern, Meiner Seinsbeweglichkeit und allgemeinen Zuversicht entgegen. Mein universenweites Unterfangen soll nicht zuletzt mit deiner Hilfe und Gediegenheit zu einem Meisterwerk gedeihen von gottseliger Art und Weise, die die Meine ist im ausgebildeten Allhier.

Dem Gottbegründeten und Integralen gib dich hin und übe Weisesein wo Dummheit herrscht und Zuversichtlichkeit wo die zerfahrenen Gemüter sich in Angst und Bange zu verstecken suchen. Mein Heil ist allen zugetan und alle können es erreichen, wenn sie nur beständig sind und Meines Namens sich erinnern, der in allen Herzlichkeiten und Verbrüderungen, Wohlgelungenheiten und Holdseligkeiten strahlend sich erhebt.

2.4

Frappantes in des Lebens Einerlei und Widersprüchlichkeit ereignet sich auf Meinen überschauenden Befehl, um die festgefahrenen Gemüter aufzurütteln und den Lebenssinn zu etablieren in der weitverzweigten Menschenschar. Bist du von denen Einer, die Ich so bezeichnet habe, kannst du daraus ohne weiteres ersehn, wie sehr es Mir daran gelegen ist, dir die Willenskraft zu stärken, bis du selbst den träfsten Schicksalsschlägen mit Gelassenheit begegnen kannst und wunderbarem Seinsvertrauen. Die Zeit bricht an, wo vielen Menschen Einsicht in Mein Reich gewährt wird, das wie eh und je im reinsten Licht erstrahlt und seinen Bürgern Herzenswohlfahrt, Seinsvertrauen, absolute Sicherheit und Seelenseligkeit, beschert. Das bringt auf den Punkt, was heute und in aller Zukunft von den Gläubigen des Himmels zu erwarten und erringen ist in ihrem Dasein an der Quelle alles Guten und Gerechten im Allhier.

Immer wird in Meinen Auen wohlgesitteter und sakrosankter Friede herrschen, Himmelsanmut, göttliche Vernunft und Redlichkeit per se vor allen Dingen. Nimmst du diese Meine beste Botschaft an, so darfst du dich als von dem Erdenwahn und Wahnsinn wunderbarerweis gerettet fühlen. Ich gebe dir Mein Wort darauf, dass du in Meines Geistes Schoss die Unbill rauher Weltentage mit bewundernswertem Gleichmut überstehst, weil du in Mir geschützt bist und zur höchsten Seinsbegeisterung getragen. Relevant ist was Ich mit Gewissenhaftigkeit und staunenswertem Charme allüberall vertrete, seinsbedingt, was Ich in Mir als absolute Rarität, demantne Wohlgeschliffenheit und Himmelszärtlichkeit empfinde. Die Geister der Vollendung lassen nichts und niemand los, den sie für sich gewonnen; die Widersprüchlichkeit gerät ob Meinem Spruchbrevier ins Wanken und verliert sich mählich in der Einheit Meines Wesens, wie in der Gottseligkeit, die Ich bis in den letzten Winkel Meiner universenweiten Gegenwart bewusst und liebevoll verströme.

2.5

Kundig Meines Lichts sind die Gerechten Meiner Gunst und Kunst zu sein und die Holdseligkeit des Geisteshimmels zu erleben. Sie trachten nicht mehr nach der irdischen Popanz und ihren zweifelhaften Gütern, an denen der Geruch und das Gemoder der Vergänglichkeit ihr Possenspiel betreiben. Zu allem, was da prächtig glitzert, muss auch der Seele Glanz gehören, damit die Lebensfreude wie der Wohllaut ruhigen Geniessens dominieren. Nur in dem Zusammenschauen äusserer und innerer

Gegebenheiten lässt sich des wahren Seins Rendite, strahlende Solvenz wie das bewundernswerte Equilibrium erreichen, die so menschlich sind und wunderbar erhaben.

Mir geschiehts, dass Ich Mein Eigensein verehre durch die Werke, die Ich in der weltlichen Betriebsamkeit verrichte, denn sie offenbaren Meines eignen Geistes Sinn und Wesen wunderbar. In allem Bin Ich mit Mir selbst verbunden und, was immer sich gestaltet, entlädt sich für und wider Mich aus Mir. Das ist, was Menschen lernend wissen sollten in der langgedehnten Elegie des Lebens, die von Mir ein Zeichen ist und aus Gewissenhaftigkeit und Wohlverstand das Zertifikat der Gottesgüte tragen sollte.

Du bist von Mir begünstigt lebelang von Jahr zu Jahr durch alles was Ich dir geschenkt und für dich eingerichtet habe. Meine Werte sind dein unverbrüchlich Heil und deine Stärke in der unvermeidlichen Katharsis, die dich Stuf um Stufe aufwärts führt in der Erkenntnis deines wahren, seelenvollen Wesens. Von Mir genommen und zu Mir zurückgeführt ist alles was du hast und was Ich selber Bin in der Gemeinschaft mit dem Weltensein. Wenn du das einsiehst, kann es dir an nichts mehr fehlen, selbst im grössten Wirrwarr und Gezänk der Zeiten. Ich Bin alleweil bei dir, aus dem Motiv des göttlichen Durchdringens aller Lebensdinge wie Meines Willens zum Erhalten dessen, was Ich Mir voll Liebe, Engagement und Genialität erschuf.

Das ist Mein Pirolsruf und Kredo, Mein Aperçu und Meine Schrift auf alles was du dir als existent erklären kannst in deinem Dich-Verwundern und Vor-Meinem- Angesicht-als-vielgeliebtes- Ebenbild- Bestehn.

2.6

Alles Tüchtige und Züchtige in deinem Sein kann nur von Mir und Meinem Anhang zu dir kommen, denn es steht geschrieben: Alles Gute kommt von Gott und was du hast, ist dir von ihm und seiner Herrlichkeit zum Pfand gegeben. Findest du, dass diese Botschaft auch für dich Bestand und Sitte hat, ist es nicht ohne, dass du nach ihr lebst und ihren Wohlgehalt erschöpfst in weisheitsvollen Zügen.

„Ich lerne", soll das auserlesenste und kräftevollste Motto für dein ganzes Leben sein, das ihm Sinn und Süsse, Übersicht und Glanz verleiht in wunderbarem Seinsgenügen. Du eignest dir ein Schaustück wahrer Grösse, Redlichkeit und Seelenstärke an und, wenn es sitzt, ein nächstes und so weiter, bis dein Wesen funkelt vor Geschliffenheit und Transparenz, Vertrauenswürdigkeit und Heiterkeit per se für alle, die es sehn und sich daran erbauen wollen.

Suchst du ein Vorbild, sieh, Ich schaff es dir heran, indem Ich deine Seelenaugen öffne akkurat für was Ich Bin und was du lernend sein kannst im Millenium der guten Taten, das Ich dir liebevoll gewähre. Mach es auf und pack es an damit du würdig wirst, in der Gefolgschaft der Allherrlichkeit durchs Leben zu spazieren. Dann sind es Gärten der Holdseligkeit, die Ich gekonnt und zauberkräftig vor dich hin drapiere. Dich in ihnen zu ergehn ist deiner Würde Los und deines Heldentums Verdienst für alle Zeit, wie für die strahlende Unendlichkeit im Wunderbaren.

2.7

Wer Gott lobt, der hat ihm schon den kleinen Finger hingegeben und darf sich sicher sein, dass er danach die Hände nicht verschmäht in seinem Königlich-in-dir-Rumoren. Es soll dich nicht erstaunen, wenn alle deine Wünsche früher oder später sich erfüllen, denn sie sind erhört von Mir, der Ich dich Bin, um Mich in dir aufs Wunderbarste zu betragen. Zweifelst du, ist es an Mir, deine Ängstlichkeit nicht weiter zu betonen, siehst du Erfolg, ist, was dir wahrhaft nützt, von Mir an dir getan. Es ergibt sich wie von selber, dass Lebendiges, Geistvolles und Natürliches sich miteinander zu verständigen haben, vom Oberen zum Unteren und wieder hoch hinauf im Reigen reger Geister, die sich mancherlei Vernünftiges zu sagen haben. Von Mir aus ist die Wohlgesinntheit garantiert, die herrschen soll im Freundesreich, das Ich mit Vehemenz betreibe. Achtung vor der Einheit aller Wesen ist Mein Aufruf in den Hallen der Unendlichkeit und Mein erklärtes Ziel, an dem sich alle, die da sind, nach der Erfüllung ihrer Sendung wieder treffen sollen. Makellos sind Meine Pläne für den Fortbestand der Welten und rein und heilig müssen deine sein, damit der Gottesfriede einzieht überall und die Verklärten sich in Ehrfurcht und Gelassenheit vor Mir verneigen, dem Gesetz der Liebenswürdigkeit gehorchend im beglückenden Allraumen.

2.8
Wilde Wünsche mögen dich durchfahren, doch der eine wunderbare bleibt in dir, Mein Wesen zu ergründen, wie das deine, im von Mir Weltbetrieb. Da kann Ich dir von Mir ein Liedlein singen von des Seins erhabener Struktur, in die Ich eingebettet Bin in Wachheit, Seelenadel und unendlichem Verlangen. Ich Bin Mir was Ich Bin und verfüge über Kräfte übermenschlicher Natur, die mit der grössten Selbstverständlichkeit und Klarheit über alle Himmel reichen. Mein Mantel ist der Myriaden

Sonnen lichtgewaltiger Strahl, Mein Mass das Equilibrium der Massen, die Ich spielend durch das All bewege. Das weisst auch du und sollst aus diesem hehren Grund dein Leben nach den Sternen richten. Der Abglanz ihres Glänzens strömt dir unaufhörlich zu und begabt dich mit der Weisheit und der wunderbaren Seelenwärme von Äonen.

Beliebe Ich, dich aufzuklären über Meinen Stand und Status, kommts dich an, du schwebtest über Meer und Land, Basteien, Städte, Breitengrade und Karteien, die von den gelehrten Häuptern als Mein Konterfei bezeichnet werden.

Rechenschaft und Offenbarung abzulegen ist in Meinem Pflichtenheft nicht vorgesehen, aber alleweil in deinem all so lange, bis du dich selber kontrollieren, korrigieren und zur vollen Blüte bringen kannst. Meisterhafter Rädelsführer deiner eigenen Affären will Ich dich dann nennen und dir einen Orden applizieren, der dich ausweist als Verbündeter von Meiner Art die Dinge anzupacken und dem beispielhaften Ende zuzuführen. Bei Mir wird niemals lamentiert, sondern aktiviert und auf den Punkt gebracht der vollen Schöne, die ihm von Mir und Meiner Herrschaft zugeschrieben. Du sollst dich weiden können am Erreichten und vom Ruhme überrascht sein, der dich froh umkreist und dir zum Heil gereicht, zur Seelenwonne und zum sakrosankten Segen.

2.9

Ganzjährig sollen deine Fahnen flatternd auf Erfüllung stehn und die Begeisterung am Sein verkünden die dich stets beseligt und belebt.. Meine Botschaft ist so hochbedeutend wie der Sang von Millionen, die ihren Halt in Mir und Meiner Gottgefälligkeit gefunden haben. Wer Mich voll

Inbrunst preist, verkündet auch sein eignes Heil, derweil Ich frohgemut sein Innerstes bewohne. Geschehen lassen heisst, Mir mehr als deinem lächerlichen Eigensinn gehorchen. Die Blüte deiner Tage ist begründet in der Wohlfahrt, die Ich deinem Hiersein zugestehe und es zutiefst beglücke mit allredlichen Gedanken, die ihm wunderbare Überzeugung von der Richtigkeit der Gottesgegenwart in ihm bereiten.

Ich ziehe weder hin noch her, doch vehement gradaus in deiner unentschlossnen Weise, die Probleme deiner Lebenshaltung anzugehn. Hast du gelernt, auf Meinen feinen Zug zu reagieren, kommst du optimal voran und darfst dir Rendement um Rendement um Hals und Ohren schreiben. Du bist dir sicher, was du tust, durch die enorme Wachheit, die dein Sein beseelt, seitdem Ich dir das Meine felsenfest und geistvoll, genial und liebreich unterlege. Du bist der Gnade schlüssig, die Ich den Verklärten Meiner Gunst und Güte freilich übergebe. In ihr liegt deine Rechenschaft Mir gegenüber, wie die enorme Heiligung, die dir beständig und beseligend geschieht. Du bist in Meinen Aufschwung eingepfropft und hast dir nicht, wohin die Reise geht, zu überlegen, denn sie endet alleweil in dem der ist und sein All-Wesen geltend macht im übersinnlichen Bereich und in den vielgerühmten Geistessphären.

2.10

Manifest der Hoffnung für dein Sein und Leben Bin Ich in jeder Wendung, die du dir nach Herzenslust befiehlst. Noch immer stehn Mir ungezählte Tag und Nächte zur Verfügung, um all das, was du verfehlst, zu korrigieren und Meinen sinngemässen Bahnen zuzuleiten. Schliesslich wird nur noch ein Hirt und eine Herde existieren; und der Bin Ich und folgst du dieser, bist du mild und wild und unabsehbar in sie eingeschlossen. Manna heisst die Speise, die Ich allen reiche; zu Meinen silberhellen Wassern führ Ich dich, an denen du den Durst nach Ewigem für immer löschen magst. Da weiss Ich jeden Einzelnen in seiner Eigenart zu zählen und gebührend anzunehmen, damit er an sich selber wachse, wie an Mir, der Ich sein Beschützer, sein Geliebter und sein Herr bin in der Herrlichkeit der Himmelsgüter, die ihm reichlich zur Verfügung stehn. Aller Hirt zu sein allein vollbringt die Wendung in dem abergrossen Heer, das Ich zur Geistestränke treibe. Wahrlich wird es dort an dem genesen, was Ich Elixier der Hoffnung nenne auf elysisch angehauchte Zeiten, in denen männiglich sich recht versteht und, was der Andre ist, zu schätzen weiss und mit All-Liebe einzuhüllen in demselben Zuge. Wohl ziehn Gewitter noch vorüber, doch der milde Regen, der aus ihnen quillt, lässt alles was da ist in Freude spriessen und in Seligkeit vergehn. Ein Mantra wird gesprochen, das da heisst: Ich Bin das Wesen ewiger Glückseligkeit, hinabgestiegen in den Traum des Lebens und erwacht in ihm zum Sein in Freud und unnennbarem Frieden.

2.11

Bist du noch zerstreut, so Bin Ich deine Mitte, die dich sammelt, liebevoll erwählt und dich ins Elysium führt des geistesabenteuerlichen Seins in Mir und Meinen Wundern. Willst du dich Mir anvertrauen, tritt hervor und übergebe dich bedingungslos dem Unbekannten, das dich im Allüberall umflort. Es glättet deine Züge, wo sie kraus sind, es beschwichtigt deinen Sinn, wenn er sich an sich selbst erregte und es führt dich zur besänftigenden Ruh an sich im wonnevollen Andersartigen.

Was Ich dir sein kann ist für dich von eminenter und vertrauenswürdiger Bedeutung; was Ich dir Bin ist eine Sache der Erkenntnis, die deiner Seele, wie dem Leib das Atmen, Not tut, sonst muss sie jämmerlich verderben.

Wie sehr kann Ich da aus Erfahrung zu dir reden, wie lichterloh und innig brennt Mein Herz, als Herz der Welt, dem Deinen unentwegt entgegen, um es ganz für sich und seine wunderbaren Liebespläne zu gewinnen. Es ist Errettung von der Schmach des niederträchtigen Banausentums, die Ich hier mit Vehemenz und Unerbittlichkeit an dir betreibe; denn es ist gesagt, dass du wie eine Bürde und zugleich als die Vollendung Meiner selber seit jeher an Mir hängst im von Mir stipulierten Zeitenlos.

Was kann dir Überragenderes und holdseligers passieren, als der eine, wohlbedachte Schritt zu Mir, an dessen Qualität, Beseeltheit und Befriedung Generationen hängen. Hier geht es um die Kunst als Mensch zu sein und als Geweihter Gottes stets dem Allerhöchsten zuzustreben.

2.12

Leiste dir die Neigung - Meiner Unbescholtenheit und Seriosität, Bedachtsamkeit und Liebenswürdigkeit entgegen, um für deine schwankende Persönlichkeit schlussendlich doch zu einem auserlesnen Lebensresultat zu kommen. Mein Gedulden ist unendlich gross, wo Hoffnung auszumachen ist auf Beistand beim Erringen eines grandiosen, wonnevollen Menschenziels.

Meine Hilfe ist effizient, nachhaltig und verschwiegen und betrifft dein Innerstes, an dem das Ganze hängt von deinem wundervollen Sein und Wesen. Das aber Bin Ich selber, wie's die abertiefe Einsicht dir erklärt und wie du künftig operieren magst in deiner Eigenart, das Leben aufzufassen und es mählich zu erhöhn.

Ich dränge nicht, doch lass Ich wissen, dass die Seelendrangsal erst in Mir ihr benedeites Ende findet und die Lust auf mehr an geistiger Potenz und Leidenschaftlichkeit Triumphe feiert im beglückenden Erleben. Ich geh dir stets voran, derweil du in der Folge den verehrenswerten Duft der Überlegenheit von Meinem Sein eratmest und damit in Deines überträgst voll Wonne und Behagen. Das Gleichnis Meiner Harmonie mit deiner Lebenstüchtigkeit geht vollends auf und du bedeutest dir auf einmal ganz genau was Ich in deinem Falle für dich meine. Alles was dir glaubhaft ist, trägt Meinen Stempel der elysischen Geburt und Unvergänglichkeit in Meinen Gauen und versetzt dich in die Lage, als ein Geistesherrlicher die Zügel in der Hand zu halten und durch eine Welt der Anmut und Gerechtigkeit, der Gunst der Stunde, wie der Sagenhaftigkeit des Ewigen vor Mir einherzugehn. Mein Einfluss auf die Weltendinge ist enorm und somit ohne weiteres auch auf die Deinen. Du gewinnst aufs Mal was Ich an dich verliere und darfst Wohltat über Wohltat Tag für Tag von Mir empfangen. Was Ich dir kredenze, ist der Zaubertrank des Lebens, der dich in den Zustand wahrer Euphorie versetzt, ob all dem Schönen, das du plötzlich vor dir siehst. Du geniessest was dir frommt und gehörst fortan zu jenen Frommen, die Mein Heil und Meine Bruderschaft, Meinen liebevollen Touch, sowie die Ankunft ewigen Glücks in sich erfahren haben.

2.13
Was du immer Wert bist, ist in Mir begründet und in dir erlebt in jedem Augenblicke deines wachgewordnen Seelenlebens. Nimmer kannst du dich

aus diesem Kontext winden, denn was ist, hat Ewigkeitscharakter und ist auf dem besten Weg, sein Sein zu spüren. Das befreit dich dann von einem Wust von Illusionen, die dich wie eine Mückenwolke drangsaliert und aufgerieben haben. Das Bare, Wahre zu erkennen ist noch immer das bedeutendste Ereignis in des Lebens Manifest und Solala.
Hast du eine dezidierte Meinung von dir selbst, muss sie sich mählich mit der Meinen decken, die so wirklich ist, dass sie von nichts und niemand wegbedungen werden kann. Du suchst und suchst und tastest dich geschickt voran, bis du mit Sicherheit und absolutem Wohlbefinden von dir sagen kannst: Ich Bin und bin getröstet in dem Witz der Worte, die Mir mehr als alles andere bedeuten.
Taufrisch ist dir nun alles, was du scharf ins Auge fassest und bewertest nach dem Motto: Hat es sich ins Sein erhoben oder nicht? Du ersiehst im menschlichen Bereich aus seinen Äusserungen, wie einer ist und ob er sich damit beschäftigt, der tiefsten Tiefe seines Daseins auf die Spur zu kommen. Nur die Wägsten sind so weit, dass sie ihr eigentliches Dasein als im Geiste sehn und sich darüber kaum zu lassen wissen. Dabei schicke Ich die zündenden Gedanken in den Reichtum ihres Existierens und befruchte und begabe sie mit dem, was sie in sich als trefflich und gediegen, ausgezeichnet und final erfühlen. Ihre Sendung ist erfüllt im Mass der Kenntnis, die sie von sich selbst erreichen und der Bogen der Begeisterung schliesst sich dem Meinem an, sowie sie ihrer Göttlichkeit Befund und Fundament in sich entdeckt und bis in Universenweiten ausgebreitet haben.

2.14

Weiter nichts als Wachen, Beten und dein Tagewerk bewusst vollbringen sollst du, um in Meinem Wohlgefallen und Salut zu stehn. Ich habe dir die Schlüssel und die Kompetenz zur Führung deines Lebensreichs vertrauensvoll und gütig in die Hand gegeben, damit du wohl behütest was zu hüten ist und es hundertfach vermehrst als Nahrung für die Vielen.

Du übernimmst und schaltest und waltest voll Eifer in deinen Bezirken, doch kennst du den grössten, bis ins Unendliche reichenden, nicht. Da unternehme Ichs, die Belange des Ewigen in dir zu vertreten, damit das grandiose Werk gelinge, ausgebreitet vor den Götteraugen. Nun gilt es für dich, alles was da ist mit einem Blick zu überschauen und dem was unten und hieroben ist die rechte Konsequenz und Zucht und Zartheit zuzuweisen. Dein Bewusstsein ist dabei durchtränkt von dem was Ich Mir Bin - und das zu lernen und zu wissen ist dein grandioses Lebensziel. Verfehlst du es, bist du ein Nichts Mir gegenüber, begreifst du, was das für dein Menschsein bedeutet, bist du voll Würde in dein wahres Reich und Königtum getreten.

Es ist dein Los, dich von dem Kleinlichen und Separaten loszulösen, um schliesslich ganz im Allgemeinen, Götterlichten und Erhabnen aufzugehn. „Ich Bin" darf dir das Herz zu jeder Stunde schlagen, um dir damit den Kreis der Seinsverständigen und liebevoll Erlösten zu erschliessen. In jedem deiner Schritte liegt das Ziel verborgen und die Glückseligkeit des Herzens leuchtet auf, um dir den Weg ins Ewige zu weisen, das Ich Bin und das du Bist im Wunder des gottseligen Gedeihens.

2.15

Gott von Gott und Licht vom Lichte sollst du sein in deinen Wundern und Erhabenheiten. Ich stärke dich dabei und Bin dir was du dir ersehnst im seinsnatürlichen Begaben. Es komme über dich was kommen muss, um deinem Schauen Unermessliches hinzuzugeben. Dann trachtest du nach Einheit, Harmonie und Frieden und beglückst die dir Vertrauten mit dem Seelenwohl das du verströmst. Was dich ans Irdische gebunden, ist gelöst, was dich verwirrte ist der Klarheit und Entschiedenheit gewichen, die dich zur Gottseligkeit und Seinsgewissheit führen.

Du trägst dein Wesen mählich zu den Sternen und gestattest deinem Sein, sich selig ins Unendliche zu erheben. Du weisst dann wer du Bist - und wirkst und schaffst mit jener Kompetenz, die Ich voll Verve vertrete. Es scheiden sich die Geister an dem Einen, der Ich Bin in überschauender Gerechtigkeit, Manierlichkeit und namenlosem Frieden.

2.16

Brich auf und walle durch die Welt, dem Antlitz Gottes auf die Spur zu kommen. Wo immer du dem Heilen, Zuversichtlichen und liebevoll Vertrauenden begegnest, kann sich des Herren Seele sinngemäss veräussern durch die gnadenvollen Menschentage. Das Unverstellte, Makellose leuchtet auf und lässt die Herzen der mit Liebe und Geduld Bedachten höher schlagen. Es offenbart sich, was Ich will: ein menschenwürdiges Gebaren, das bewegte Freude schafft im Wohllaut der Gefühle, die sich galant in der Gemeinschaft der Vernünftigen verbreiten. Mit dem liebevollen Herzen siehst du Ihn, indem du Seine Gegenwart gewahrst und dich dem Strom der Güte öffnest, der von Ihm ausgeht und die Welt der Weisen und Verständigen im Nu erobert.

Lässest du dich auf das leise mahnende Geflüster des Gewissens ein und folgst du seinen Direktiven, kann dir nur Gutes noch geschehn und Gnadenvolles von der Hand und Handlung des Unendlichen, das dich auf wunderbare Weise zum Erfolg und zur Geschliffenheit des Lebens führt. Ist es dir daran gelegen, an Meiner Seite fürbass durch die Welt zu ziehn, so will Ich dich mit Liebeskraft und Segen, Güte und Gelassenheit bedenken aus des Himmels lichter Wahl. Du kommst und gehst mit jedem Schritt an Mir vorüber, den du im Menschenreiche tust. Bedenke dies und opfere dein Sein dem Allernächsten, der des Schutzes und der Pflege unbedingt bedarf, und sieh: Es ist an Mir dem Weltengeist geschehn.

Trau, schau wem, doch lerne, Mir bedingungslos Vertrauen und Gelegenheit zu schenken, dich mit dem Bewusstsein Meiner Innigkeit in dir wie in den Meinen zu begaben. In diesem Sinn Bin Ich des Pudels Kern, der in dir wacht und dich zum Bijou macht vor Götter- wie vor Menschenaugen. Das ist dann die Erfüllung dessen, was Ich Mir wie nichts erwünsche in des Gottesherzens lichtem Gral: Die Vereinigung von deinem Wesen mit dem Meinen in der geistigen Struktur, die alle Welt beseelt und ihren Status ins Unendliche erhebt und Wunderbare des Gedeihens ewiger Harmonie und wohlbegründeter Glückseligkeit in denen, die das Ganze, Götterlichte und Bewundernswerte lieben.

2.17

Cantus firmus für die Vielen die zu lauschen wissen in des Himmels lichtem Freudensaal. Wer verklärt ist, den gelüstets frei hinaus zu singen was ihn so bewegt und was Sitte unter denen ist, die sich mit reiner Geisteskraft und Grazie des Himmels unterhalten.

Ungezählt sind hier die Freudentränen, die ob so viel seelischer Erleichterung fliessen. Da gibt's kein Drängen und Versengen, Zwängeln und Verwünschen mehr. Alleweil ist Frieden in der lichten Herzensruh, die die liebevoll in Mir Vereinten hier erleben dürfen. Es ist die Mitte allen Seins, die Ich mit Andacht und Ergriffenheit beschreibe, denn in solche Wohlfahrt tauchen nur die Wenigen, denen es gelingt, sich vollends Mir und Meinem geisterfüllten Gabentempel zuzuwenden. Auch dir ists keineswegs verwehrt, zu solcher Höhe aufzusteigen, wenn du nur begreifst, wie sehr es darauf ankommt, dass dein ganzes Wesen wie durchlichtet ist von strömender Wahrhaftigkeit und Lebensliebe, Seinsvertrauen und bewusster Zwiesprach mit den Wesen geistiger Gelassenheit und Herzensharmonie.

Nichts und niemand hindert dich daran, mit einer Flut von gläubigen Gedanken vor Mich hinzutreten und um Absolution zu bitten für die vielen Unbotmässigkeiten, die du Mir und dir beschert hast in der Willkür, Gier und Hast der üppig durchgestandnen Lebenstage. Da geht's an Meinem Tische anders zu und her, indem das Liebenswürdige und Wohlgesinnte gegenüber deines Lächelns Schöne dir voll Seele Ursach ist für ein dezentes Wohlbefinden wie für sagenhafte Seelenruh.

All dies Gute ist aus Mir und Meiner Friedefertigkeit geboren; meine lauteren Gefühle und Gedanken bringen Ordnung und Gelassenheit in das allmenschliche Geschehn und führen es zu götterlichten Episoden in des innigen Erlebens tief vertrautem Stil.

Du bist dir über dich und deine Stellung im Allhier als in der Mitte Meines Seins und fabelhaften Sinnens klar geworden. Alle deine Ambitionen sind nur noch auf Mich und Meinen Strahlenhof gerichtet in der Universen Pracht und Weite, die dich inniglich beseelen. Dein In-Mir-Sein zeitigt Früchte hocherhabener Natur und lässt dich in der Andacht der Verklärten vor dem Antlitz Meiner Herrlichkeit und Zartheit, Ausgewogenheit und Minne des Allhöchsten seliglich verweilen.

2.18

Grosses ist mit dir geschehn, wenn dein Herz und Herzblut jene Schwelle überschritten hat, die zu Meinem Reich und Reichtum führt wie zum seligsten Behagen, das die Weltenwesen in den Driften Meiner Güte, Grazie und Huld verspüren. Das Unvergängliche in deines Wesens Zug ist vor sich selbst zur vollen Geltung und Manierlichkeit gekommen. Das macht, dass deinem Dasein überragender Respekt vor seiner eignen Güte innewohnt, der ihn hinwieder zur Erkenntnis Meiner götterlichten Qualitäten führt. Ich finde es unnötig, Mich hinter fabulierenden Sentenzen zu verschanzen, denn Mir ist das volle Ausmass dessen was Ich Bin bekannt und befähigt Mich als Weltenschöpfer, Inspirator, Eigenherr und Vermehrer Meiner selbst und Meiner Glieder aufzutreten. Bald wird ruchbar was Ich kann und gar viele Meiner hochdotierten und begnadeten Geschöpfe wissen sich geschickt, verbindlich und vertrauensvoll an Mich zu halten, um die vielen Faibles, die sie noch bei sich entdecken, auszugleichen und um damit vor der Welt als Sieger, Helden und Gerechte der Allherrlichkeit des Himmels dazustehn.

„Ich will", sagst du im selben Zug wie Ich dich frage: „Willst du Meinem Sinn gemäss und Meiner Sitte frei heraus agieren"? Damit reihst du dich in die Carrées Meiner Kämpfer ein, die frohgemut und tapfer, diszipliniert und ausgelassen ihrem sichern Sieg entgegen eilen. Wer in Meiner Garde sich bewegt, hat jede Menge Aussicht auf Erfolg und darf sich füglich und vergnüglich Auserwählter Gottes nennen, der da weiss um was es geht und wovor sich alle Lebensdinge ehrfurchtsvoll verneigen.

2.19
So nebenbei sei dir gesagt und kund getan, dass du zweifellos als Traubenbeere all so lang an Meinem Weinstock hängst, bis du mit allen Meinen Sonnenkräften Labung bist für viele hungerige Seelen. Du ahnst es kaum und bist doch Meiner Geisteskräfte Hort und Hochburg in des Seins allherrlichem Gebaren. An Meinem Stamm sind ganze Völkerscharen gross geworden, unter Meiner köstlichen Ägide wuchs eine ganze Menschenwelt heran, um Meiner Absicht, Mir ein vielgewandtes Ebenbild zu halten, zu genügen. Was in Mir waltet, waltet demnach auch in deiner Hemisphäre der Allmenschlichkeit im Guten wie im Kuriosen, das sich von Mir distanziert aus Trägheit, Eigenwilligkeit und randalierenden Manieren.

  Die aber die wie eh und je voll Seele zu Mir halten, können unbedingt in jeder noch so düstern Situation auf Mein Wort und Meine Hilfe zählen. Du frägst und bittest in der Seele traulichem Verlies und Ich will dir dort auf jeden Fall behende Antwort geben. Wo Stille herrscht, Bin Ich am Ehsten da und kann Mich dir in voller Weisheit, Menschenliebe, Heiterkeit und Seinsgelassenheit erkenntlich zeigen. Das offenbart dann, welche Geisteskräfte in Mir liegen und mit wieviel Sorgfalt und natürlichem Talente Ich darauf bedacht bin, dir den grössten Dienst der Seinsgeschichte zu erweisen, nämlich: dich zur Einsicht in Mein lichtes Königreich emporzuheben. Wo immer du in Seinsgelassenheit und Redlichkeit, Bewusstheit, Heiterkeit und Anmut ruhst, ruhst du in Mir allwie im Wohllaut, Sanktuarium und Heil Elysiens, die dir zu Zeugen der Allherrlichkeit von Meiner Art geworden sind.

Zu hunderttausend Scherzen aufgelegt

3.1

Wohlbewandert und versiert bist du, Geliebter und Geliebte deines Herrn, um völlig unbeschadet seine Werte und Holdseligkeiten einer ganzen Menschheit vorzutragen. Ich habe dich dazu erwählt, als Vorbild reiner Güte, Heiterkeit und Minne Gottes dazustehn. Ebenso Bin Ich zu hundertausend Scherzen aufgelegt, weil Ich, bei Licht betrachtet, auch nicht die geringste Sorge mit Mir trage. Kranksein kenn Ich nicht. Meines Lebens Blüte ist Unsterblichkeit beschieden und Meines Seins unendliche Verfügbarkeit verleiht Mir alles, was Ich brauche, um Mein schöpferisches Flair nach Strich und Faden auszuleben.
Meine Seelenanmut ist Legende und wer gerne einem Freundeswort vertraut, kann unbedingt auf Meines zählen. Im Gegenzug ist es Mir selbstverständlich aus einem Riesenangebot voll Eifer die Verlässlichen herauszusieben um, basiert auf ihre vielgepriesene Charakterstärke, alles zu vollbringen, was der Plan erheischt in Meinem meisterlichen Mich-Behaupten.
Lang ist die Liste Meiner kapitalen Taten und verschwindend klein diejenige der Peinlichkeiten, die aus der rasenden Geschäftigkeit erstehn; so bringe Ich, was Ich Mir Bin, gezielt voran. Lass es denn gut sein, was auf Meiner Seite myriadenfach geschieht und schau zu allererst in deine Karten, um aus ihnen optimales und bewundernswertes Wesensgut herauszuholen. Gelingt dir das, kannst du gewiss auf eines Meisters Lob und Liason, enormen Beifall und Beförderung zählen. In dieser Hinsicht kneif Ich nie und lass beständig Meine besten Dankeskräfte spielen. Gewinnst du Achtung vor dir selbst sag Ich behend, das animiert dazu dir alsobald den Orden reiner Menschlichkeit und

Treue, Verlässlichkeit und Tapferkeit zu überreichen.

3.2
Wessen Genialität den Aldebar berufen darf gewiss sein, dass sein Kommen Märchenhaftes bringt und Gottgesegnetes das du empfängst mit freudigem Sinn und offnen Armen. Neu Geborenes versetzt uns ganz besonders in Entzücken, wenn wir an ihm unsern angemessnen Anteil haben. Wir schätzen unsre schöpferischen Kräfte und sind darauf bedacht sie des Langen und des Breiten zu entfalten in der Hoffnung und Gewissheit auf noch viel viel mehr.
Wahrhaft Genialisches jedoch kann nicht allein vom Menschen kommen; es muss ein Höherwertiges im Hintergrund agieren, das Ich Bin und das à fond die Seinsgesetze kennt, die in jedem Fall in hochpräziser Weise angewendet werden müssen. Im Grund genommen Bin Ich sie und überbiete damit alles was da ist mit Meinem Sagen, Sichern und Das-Ganze-zur-glückseligen-Beschauung-vor-Mein-Antlitz-Tragen.
Gering ist, was du beiträgst zum Gelingen der enormen Würfe, die Ich dauernd inszeniere. Doch wird es in vielen Fällen matchentscheidend sein und demnach ist dir Hochbedeutendes von Mir in Herz und Hand gegeben. Es kommt im guten Sinn zur Geltung im vortrefflichen Zusammenspiel, das hier geleistet wird, zwischen deinen wohlgemeinten Kräften und den Meinen. Ihre Überfülle blendet alle Welt und legt ihr nahe tiefinniges Vertrauen in ihr überragendes Potential wie auch in ihre Liebefähigkeit zu hegen. In diesem Punkte sprech Ich dich besonders innig an, denn allbereite Liebe hat die Fähigkeit die Wesen und Akteure dieser Welt wie jener aufs Natürlichste und Wohlbe-

kömmlichste, Gediegenste und Schönste zu verbinden. Du, Mein Lieber, Meine Liebe, hast die Wahl und darfst dich selig nennen, wenn es dir gelingt, ganz selbstlos und damit zutiefst beglückend das in Würde zu vollbringen, was du sollst und was der Welt Erfolg und Frieden, Götterbeifall und Begeisterung bringt, in vollen runden Zügen.

3.3
Was Mich betrifft, kann Ich getrost und heiter durch die Gottestage Meiner eignen Gunst und Dienstbarkeit flanieren, denn da kann Mir nichts Ungebührliches passieren, weil Ich alles offnen Sinns und makellosen Geistes Bin und vor Mich hin drapiere. Mein Wesen ist in alle Welten ausgegossen, die da sind und ihre eigne Sicht der Dinge gotteswillentlich zu Markte tragen. Auch die Deine ist dabei gefragt, weil die Gedanken über Meine Angelegenheiten diese auch verändern und allmählich sehr gekonnt zum wahren Sein erheben.

Ich stelle dar, was Ich Mir Bin, indem Ich ungezählte sternenabenteuerliche Regionen schaffe, die unter Meinem Rang und Namen existieren, urmütterlich von Mir betreut und innig mit dem Sein an sich verwoben.

Kenner Meiner Güte äussern sich begeistert über das, was Ich an ihnen Wunderbares und Befriedendes getan. Aus dem banalen Trott und Schlendrian hab Ich sie mit gezielten, klugen und Püffen wegbugsiert, damit sie in die Lage kommen, sich für die Geistwelt und damit für Mich zu interessieren. Das schöpft Vertrauen in ein Höheres, das sie und alle Welt belebt, erweitert und begeistert über alle Massen. Was das bei Mir heisst, kannst du an den enormen Lichtdistanzen, die die Sonnen Meiner Allnatur markieren, sehn. Da spricht ein Forschergeist voll Ehrfurcht schon von Supergalaxienhaufen, die sich allwie im Wellenfluss und Schuss saluber durch das All bewegen. Da spreche Ich Mich vor Mir selber in Verehrung und Entzücken aus und buchstabiere dir Gedanken, aberwürdig, allerhaben und aufs Innigste begeisternd, vor Mich hin.

3.4

Natürlichkeit und Seelenaugenfrische sind von Meiner Seite ein Geschenk an dich und deine Wohlfahrt in betont gefälligen und sakrosankten Meisterzügen. Ich will dich munter und versiert, gesetzestreu und tapfer sehn in deiner Lebenslust sowie in deinem Bangen. Immer soll es von dir heissen: Da ist ein Herr und Meister über meine Angelegenheiten. Das rührt davon, dass Ich dich stets mit Meiner Urkraft in Verbindung halte und dein ganzes Leben nach den Seinsprinzipien verwalte, die Ich Mir selbst vor Urzeit anbefahl. Damit schaffe Ich Gewähr für das vernünftige Handeln, das Ich jahraus jahrein von dir erwarte und das im Allgemeinen zu Erfolg und Grazie führt in deinem äusserst lukrativen Streben. All dieses ist die Basis für die schickliche Erfüllung des Mandats, das Ich dir generöserweise aufgegeben.

Nun komm und sieh, was viele Menschenvölker durch die Schaffenswut und ihren Eigensinn aus dem gemacht, was sie vor Zeiten aufgefunden haben. Recht vieles ist zum allgemeinen Wohl gediehen, aber was im Argen liegt ist vor den Augen Meiner Späher Legion. Da Bin Ich dann darauf versessen, aufzuräumen um dem Garten Eden den Ich schuf, sein zauberhaft beglückendes Gesicht zurückzugeben. Das ist nur möglich damit, dass Ich die Einsicht aller in ihr wahres Wesen fördere, das eine Blüte ist am selben Baum des Lebens, der Ich

Bin. Er will für alle dafür sorgen, dass sie in brüderlicher Eintracht wie im Frieden der Gerechten miteinander umgehn und sich dauernd Freude, Zuversicht und Trost bereiten. Diese edle Haltung strömt direkt von Mir in alle offnen Menschenseelen und gebiert in ihnen, was verbindlich und bekömmlich ist in ihren hochgespannten Tagen. Nicht was sie wollen zeitigt das, sondern was Ich für gerecht und würdig halte, um den preziösen Globus samt seinem Menschengut auf beseligenden Trab und wundervolles Seinsgefühl zu transponieren. Meine Doktrin ist die Heiligste und Heilendste von allen, die da durch die Köpfe schwirren und soll ohne jegliches Bedenken angenommen und aufs Peinlichste befolgt und ausgewertet werden. Dann wächst die Anmut der Geschlechter und die Harmonie der göttlichen Vernunft zieht in die Seelen, die sich Mir zugewendet und vollends ergeben haben. So einfach wäre das und wird noch von so vielen ignoriert, weil sie den Verführerkräften in die Arme fallen. Wissend glauben macht die Willigen gedankenschwer und lässt sie auf Mittel sinnen wahr zu sein, gesellig und beweglich, vielgeliebt und im Gemeinschaftssinn unübertroffen, als dezent und liebevoll von Mir.

3.5

Mit Bedacht ist aufzufassen, was von Mir kommt, denn du kannst dir auch die Fingerchen daran verbrennen, wenn du übertreibst, was Ich dir freien Sinns empfehle. Nur fromm sein ist nicht wahrer Güte Arsenal, da muss dazu die Tapferkeit, sowie die Klugheit kommen, die die blinde Gläubigkeit in Grenzen halten. Deine Überzeugung soll von dem genährt sein, was du klar als recht und gut erkannt hast in der Runde aller Dinge um dich her. Das gestattet dir, dem Weg mit sicherem Gespür zu folgen, den du vor dir siehst. Er ist von Mir geebnet, der Ich dich auf deiner Fahrt zu besseren Bedingungen und Pfründen stets begleite, um dir alles zu vermitteln, wessen du bedarfst in deinem unerschütterlichen Nach-dem-Höchsten-Streben.

Meine ganze Sorge gilt dem Umstand, dass du ob all dem Tand und Glitzerwerk, die dich verführerisch und penetrant umgeben, Mich vergissest und allmählich gänzlich aus den Augen und dem Sinn verlierst. Das ist dann, was Ich gottlos nenne und was ohne jeden Zweifel in die Irre führt und in ein inhumanes Treiben. Was machbar ist wird mächtig angetrieben und was wertlos scheint wird ausgeschieden, bis hinauf zum Leben, das untüchtig und unnütz daherkommt in den Augen mächtiger Verführer.

Kannst du auch nicht alles wissen, so weiss Ich es für dich und übermittle dir die wohlbekömmlichsten und besten Geistesgaben. Ich heize dir dort ein, wo Ich es für heilsam, recht und förderlich erachte und lasse alle Zügel fahren, wo sich deine Klugheit geltend macht und dein herzinniges Verbundensein mit Mir. Bin Ich doch der Generator alles Guten wie der Kreateur, der alle Dinge durch die Finger seines Sinnens gleiten lässt in Unschuld, Übersicht und Wohlgefälligkeit und mit unendlichem Behagen.

3.6

Es ist noch eine lange Strecke Wegs für dich zu gehn bis du ans Ziel gelangt bist zu erkennen, dass du eines Gottes Zierde, Würde und Begriff bist, über alles was da ist erhaben und zwar ganz real in der Verbindung aller Dinge von zuoberst bis zuunterst auf dem unermessnen Weltenplan. In dir ist Meine Geistesgegenwart mit einer Menschenhaut bezogen, die verhüllt was Ich dir Bin und dir ein lebelang im Allerinnersten bedeute. Das heisst,

dass Ich dir näher bin als alles, was du rundherum begehrst und was dich mehr belastet als dir lieb ist, in den Unverbindlichkeiten deiner Lebensstrategie.
Dies täglich zu bedenken gibt dir Halt in deinem Dich-Veräussern und erhöht dein Potential an Zuversicht und Überzeugung allem gegenüber, was da weiter kommen mag.
Dem Unsichtbaren in dir sicheres Geleit und allergrösste Achtung zugestehn, sollst du in der verwirrenden Bewegtheit deiner Erdentage. Das verleiht dir innere Gelöstheit selbst im Anblick von nicht lösbar scheinenden Problemen. Sieh doch, wie elegant und zielbewusst Ich alles, was dich noch so sehr bedrängt, zu deinem Allerbesten und Gediegensten erlöse.
Meinen Platz an deiner grünen, kühnen Seite kann Ich nie verlassen, weil es für dich lebenswichtig ist, dass Ich dich mit allem was du bist ohn' Unterlass aufs Trefflichste behüte. Ja, gerade in der Stunde deines Abschieds von den Weltendingen Bin Ich für dich da, um deines Wesens Hauch hinüber in das Ewige zu führen.
Und siehe da, es flutet dein Bewusstsein wunderbarerweise in die Weiten Meiner geistigen Domäne und darf sich in ihr wohlgeborgen, viel geliebt und sicher fühlen. Dein Dich-selbst-Erleben zeigt dir, was du wirklich Bist und was du noch zu lernen hast in deinen künftigen Verkörperungen. Deines Wesens Attitüde wird dir offenbar als von Mir aufs Innigste durchdrungen. Du bist in deinem Sein von Meinem zur Vereinigung erwählt in den allherrlichsten und geisterfülltesten Bezügen. Was du in der Erkenntnis deines Wesens Bist, ist in den höchsten Regionen deines Seins von Meinem nimmermehr zu unterscheiden. Heil und heilig bist du dir in Mir geworden, seinsglückselig im erstrahlenden Gemüt und deine Zeit ist wie ein

ewiger Morgen, der vor deinem Angesicht in wunderbarer Farbenpracht erblüht.

3.7
Wer von Mir Abstand hält hat nichts vom Brunnen, der sich der Welt zur freiesten Verfügung stellt im geistbeseelten göttlichen Allhier. Seine Seele darbt im Wüstenstil, ist ihres Daseins unfroh und entbehrt des Lichts, das ihr ein Trost und eine Lebensleuchte war.
Doch will Ich ihrer Mich erbarmen und bewirke ihre Umkehr, Meinem liebevollen Gruss und Gestus der Barmherzigkeit entgegen. Die Verführte naht sich der Erkenntnis von der überragenden Beglückung, die ihr das schattenlose Licht gewährt aus Meinen Regionen der Vernunft, der Makellosigkeit und Liebe, welche den Gerechten ihres Seins zuteil wird durch die Güte Meines Mich Verstrahlens.
Du merkst auf und schaust den Stern der Hoffnung wieder, der die Guten zur Vollendung ihrer weihevollen Sendung führt. Sie eratmen sich den Duft der Weisheit göttlicher Galanterie und sind von ihr beschützt, gehalten und aufs Freundlichste emporgehoben.
Nun gilt für sie die wohlgesättigte Parole von der auserlesenen Geselligkeit mit allen Seinsgeschwistern, die ihr Soll und die Gefilde ihrer Sehnsucht schon gefunden haben. Diesen schliesst die Seele sich herzinnig an und fühlt sich in der Atmosphäre, die sie rings verbreiten, unermesslich wohl.
Das ist die unendliche Geschichte von dem Pilger, der Ich in dir Bin und der zum Heiligtum des Lebens strebt mit allem, was er ist und was ihm von sich selber auf die lange Reise mitgegeben. Die Erwartung wird erfüllt und die Holdseligkeit bricht auf im harrenden Gemüte. Du bist in Mir des

Seelenwohlstands trefflicher Gefährte und verklärst dein Sein zum allerinnigsten Vereinen mit der göttlichen Struktur, die alles in sich schliesst, was sich zu ihrer Ebenmässigkeit und Reinheit, Redlichkeit und Wohlgefälligkeit der Himmlischen erhoben.

3.8
Kennst du die Legende von den Brüdern die zu dritt zu Fuss die schlimmsten Wüsteneien überquerten und schlussends den Garten der Gerechtigkeit am Sinn und Sein erreichten, um sich darin in Seligkeit und Sanftmut, Herzenseinfalt und bemerkenswerter Wonne zu ergehn. Deinen ständigen Begleitern: Wille, Denkkraft und Empfinden geht es ebenso, weil sie durch öde Nützlichkeiten und alltägliche Banalitäten wandern müssen, bis sie ihres wahren Seins erblühendes Gelände aufgefunden haben. Sie erkennen sich in einer neuen Welt, in der Ich Herr und Meister bin und lassen sich darin aufs Köstlichste verwöhnen. Es ist die Gottessohnschaft deren sie sich inne werden und deren Reiz, Natürlichkeit und Wunderwerke sie aufs Köstlichste geniessen. Die Geistwelt ist es die Ich meine und deren Gültigkeit und ewige Frische sie zutiefst beglückt und ihrer Menschlichkeit den Sinn verleiht, den ihre Sinne dringend brauchen.

Alle Guten, alle Bösen sind in derselben Lage, dass sie gar nicht wissen, wer sie sind und wessen Siegel sie auf ihren Häuptern tragen. Dennoch driften sie unweigerlich und ahnungsvoll dem Licht entgegen, das die Oberwelt durchflutet und aufs Freundlichste beseelt. Seine Stärke ist Mein Ich und seine Liebenswürdigkeit die makellose Seele Meines Wesens. Sie geleitet dich zum Freundenfest, das Ich den verlornen Söhnen, Töchtern und Verwandten Meiner Welt bereitet habe. Kommt und seht, will Ich euch sagen, was euch offen steht, ihr braucht Sein Licht nur innig zu gewahren. Ledig jeder Fessel tretet ihr in Meine Geistesräume ein und erkennt, was sie euch letztlich, fürstlich und verbindlich bieten. Es gibt das wahre Glück für die, die es zu finden und zu schätzen wissen. Es gibt die Redlichkeit an sich, die Seinsvertrauen schafft und den Verklärten innewohnt in heiligmachendem, holdseligem Begaben.

3.9
Mutmasse nicht und sei, indem du Mir vertraust und Meinem Reiche der Barmherzigkeit und liebevollen Seinsnatur. Gewaltiges ist noch zu unternehmen, bis sich die Gegensätzlichkeiten und Behinderungen aufgelöst und liebevoll geglättet haben. Jedermann wie du hat seinen Teil zum Frieden beizutragen, der ein Abbild ist des Zustands der Gemüter die die Welt bewohnen und beherrschen. Wie du konstatieren magst, ist es nur allzuvielen schlichten Bürgern, wie befehlenden Potenten, keineswegs gelungen, Ordnung und Genügsamkeit in die Ereignisse der Welt zu bringen, geschweige denn die allgemeine Friedefertigkeit zu etablieren. In diesem Punkte muss die Einsicht und Gewissheit unbedingt zum Tragen kommen von der Einheit aller Wesen im Allhier und diese fasst sich zweifellos in Mir, dem Allgewaltigen, zusammen, der das von Mir Beseelte sachte und gewissenhaft zur Loyalität und zur Beachtung der moralischen Gesetze führt.

Ich walte schweigend, selbstbewusst und wohlbegründet über den Affären, die die Menschen über ihrem Haupt zusammenziehn und lasse Meinen weisen Lehrplan ständig in sie fliessen. Es ist dir freigestellt, von dem zu profitieren, was Ich intendiere, doch wo du's immer tust, wird es deinem Sein zum ultimaten Vorteil und zur Seelensicherheit gereichen, deren du so sehr bedarfst in deinem Nach-dem-Höchsten-Streben.

Nur durch diese Wendung hin zu Mir wird auch die grosse Wende in der Welt geschehn. Die Friedensfahnen werden frei im Winde flattern und die Begeisterung am Sein und Sinnen wird die Oberhand gewinnen durch die Lande wie durch einen weiten Freudensaal.

3.10
Bedingungslos zu lieben sei dein bester Seelenzug, will Ich dir raten; deine Schritte in den Meinen zu vollbringen, Mein Aufruf an die Seelen der Gerechten in der Weltenflut. Es muss ja einer kommen, um dich aufzurichten in der Trübsal deiner Tage; jemand hat ein Herz und ist dir wohlgesinnt und kann es nimmer dulden, dass du darbst in deinen Niederungen und beängstigenden Spekulationen. Das Verständnis für den Port des Geistes ist in Meinen Sinn geschrieben und die Fahne göttlicher Vernunft in Meinem Reich und Reichtum hochgezogen. Was dir abgeht habe Ich in Fülle und Bedeutsamkeit empfangen, wessen du bedarfst, bedarf Ich in des Seins allherrlichem Beschenken längst nicht mehr.

Ich habe Mich auf ein Verhältnis von bemerkenswerter Bruderschaft mit dir und deinem Hofe eingelassen und komme nicht umhin, dich über den enormen Vorteil, der sich für dich daraus ergibt, gebührend aufzuklären. Neigst oder schüttelst du dein Köpfchen zu der Botschaft, die Ich dir verkünde, ist entscheidend über deines Schicksals Wohlgestimmtheit oder peinigende Situation. Verehrst du Mir das Ja-Wort zum Prinzip der Hoffnung auf ein wohlgesittetes Zusammenspiel, wirst du erfahren was es heisst, mit einer Gottheit sich verbündet und liiert zu haben. Deine eben noch verkrampften Züge glätten sich, du gehst gelassen durch das zeitliche Gewühl und weisst dich dabei bestens in Mir aufgehoben. Allen deinen Schritten öffnet sich ein wunderbares Ziel, derweil in deinem Blute Sanftmut, Seelensicherheit und Lebensfreude dominieren. Das gilt für viele Tausend Jahr und lässt dich jubeln ob der gütestrahlenden Errungenschaft die dir gelungen. Ausgerechnet du sollst dich mit liebevoller Wohlgestimmtheit in den Gärten Meiner Provenienz ergehn voll Heiterkeit und Hochgemutheit, Wachheit und Holdseligkeit im Anblick Meiner zauberhaften Schöne.

3.11
Zu Meinem Preise reise durch des Äthers Wallen, einem Gotte zu gefallen, der Ich Bin, geschichtlich und geschickt, poetisch und mit allen Wassern der Vernunft gewaschen, deren Ich Mich pausenlos aufs Trefflichste bediene. Dich selber musst du warnen davor, dir nicht allzuviel, wie allzuwenig, zuzumuten. Ich hingegen leiste Mir in dieser Hinsicht alles was Ich will, denn unendlich mächtig und gewitterträchtig sind die nie versiegenden Ressourcen, deren Ich Mich tatenfroh und pausenlos bediene.

 Wie aus dem Rohr geschossen füge Ich den Schwall fantastischer Ideen dieses Augenblicks den Myriaden schon erstandenen genüsslich zu und konstatiere, wie sie sich entfalten und einander stets die Stange halten in dem aberwilligen Weltgebäude Meiner Kubatur. Da gelingt Mir alles, was Ich angesetzt und faustdick aufgetragen habe. Im Gestatten und Beflaggen Bin Ich riesengross und weide Mich am wirkungsvollen Auftritt, den Ich allüberall mit nonchalanter Selbstverständlich gelassen inszeniere. Auch du sollst, auf Mein überlegenes Geheiss, begeistert und gekonnt am selben Stricke ziehn wie Ich in allen Regionen deines treulich mit Mir fürbass Gehns.

3.12

Den Merksatz leg Ich dir zu Füssen: Halte dich an Mich und lass dich von Mir zum Erfolg in allen Sparten deines Wirkens und Dich-selbst-Entfaltens führen. Meiner Regel mit der Regelmässigkeit der Uhr zu folgen wird Allgemach dein Glück und deine Seligkeit begründen. Mir kommt es darauf an, dass deine Vorstellung von dem, was du erreichen willst, lebendig und präzise formuliert ist, Meinem götterlichten Vorbild zu vergleichen. Nur ein einziges Verfahren kann das Beste sein, und genau mit diesem kann nur Ich dich adäquat versehn. Schon aus diesem Grund ist der Kontakt mit Mir so eminent und jedem dringend anzuraten. Echte Weisheit ist nur Meinerseits gegeben und, wer immer sich dazu ermannt, sich ihrem Einfluss hinzugeben, kann gewiss sein, dass er goldrichtig und bedeutungsvoll agiert in seinen Niederungen.

„Vernimm Mein Wort", ist mehr als eine wohlgelungne Phrase, denn ihr lenkendes Kalkül befähigt dich, aus deinem engen Denkkreis auszubrechen und beglückt und effizient in Meinen, universenweiten einzugehn. Die Basis aller deiner Überlegungen sei diese, dass es Mich gibt und dass dir Meine Gegenwart durch deine Wachheit und Entschiedenheit bewusst wird. Von da kann in beliebiger Intensität und Bonität in Meinem Sinne fortgeschritten und bedeutender Erfolg verzeichnet werden.

Was immer Ich dir freien Sinns zugute halte, ist eine Herzensgabe von besondrer Qualität und ist damit von sagenhaftem Nutzen für den Gang in Meine meisterlichen Tiefen. Kommst du dort zu Zeiten an, kann Ich dir das allerletzte, würdigste Geheimnis deiner selbst verraten, nämlich, dass du Mich Bist in der Gloriole aller Zeiten, Überlegenheiten und Verbindlichkeiten, die da sind im Geistgefüge wie in der Manierlichkeit mit der Ich durch Äonen operiere. So kommt es, dass bei allem endlichen Versagen so viele Lebensdinge glänzenden Erfolg erringen können in der Einheit mit dem Aberguten, das Ich Bin, selbander mit dir in den höchsten und ergiebigsten, beglückendsten und wonnevollsten Götterregionen.

3.13

Unverletzlich und bereits ins Götterreich gestiegen will Ich dich getröstet vor Mir sehn. So utopisch wie das tönt, es geht hier um ein geistiges Erwachsenwerden, um das Wachsen von der Kindschaft zu der Sohnschaft Gottes, das sich in deinem strahlenden Bewusstsein sanft und königlich vollzieht. Du weisst was in dir steckt an menschlichen wie auch an göttlichen Bezügen, am offensichtlichem und geistigen Potential, mit dem Ich dich seit Urzeit meisterlich beehre.

Dein Gebaren ändert sich; du trittst den hektischen Ereignissen in deiner Welt wie auch im Weltenleben mit Gelassenheit und Würde gegenüber und schweigst, derweil die Vielen wirr und unnütz durcheinander reden. Es ist Mein Götterwille, der dich stärkt und dich zum Helden stilisiert in Sachen strahlender Beständigkeit und unbeugsamer Tugend in den Reihen der verklärten Schar. Deine guten Taten voller Herzlichkeit sind Legion und dein fürstliches Benehmen verschafft dir Freunde überall auf die du zählen kannst im Wirbel deiner Tage. Dein allergrösster Freund jedoch Bin Ich indem Ich Mir entsage in dem Mass wie Ich dich Bin in den wesentlichen Punkten deines Seins wie deines wunderbar geschniegelten Gebarens. Auf Mein Wort bist du ins reine Sein gerettet und darfst in ihm in freudevoller Selbstverständlichkeit wie in der Wonne der Gerechten frei und liebesselig ruhn.

3.14

Fach an, fach an was in dir lodern soll an Ernst und Freude, Wohlgestimmtheit und berückenden Manieren. Sie sind alleweil von Mir an dich vergeben und bezeugen was Ich in dir Bin an götterlichter Keimkraft und Bravour. Vernimm das Wort: Ich lasse Quellen der Begeisterung und Lebensliebe in dich strömen. Wo immer du dich fühlst, finde Ich Mich ein und feiere mit dir die Auferstehung von der Welt der toten Dinge zu den seinslebendigen, die Ich in voller Geistesgegenwart und Gottpräsenz vertrete.

Dir würde es wohl anstehn, dich mehr um Meine Angelegenheiten als um deine mikrigen zu kümmern, denn auch deine generationenlange Zukunft liegt in Meinen Händen und wird von Mir geführt, befruchtet und immer konsequenter auf das Regelwerk der Welt bezogen. Lass Ich dich und alle anderen allein, fällt alles auseinander und die Monaden wie die Staaten suchen sich noch rasch am Weltbund zu bereichern, ehe doch die Wogen über aller Welt zusammenschlagen.

Was nützte Meine Arbeit von Äonen, wenn sie in das Chaos führte? Gerade du bist eins der Elemente, welche das verhindern können, indem sie redlich, offen, sozial und gottesfreundlich benehmen. Das führt zu einem höheren Bewusstsein von sich selbst und schliesslich zur

Erkenntnis der All-Einheit, in welcher alle sind und leben. Der Sinn der Welt ist Glorie, Gemeinsamkeit und Frieden; dein Engagement für Herzensgüte und beglückende Befindlichkeit wird wunderbare Früchte zeitigen, und aus dem Einzelnen entspringt das Viele, das in Mir die Kraft besitzt, Vertrautheit mit dem Nächsten wie dem Fernsten das Ich Bin herbeizuführen.

Wende dich Mir zu und sei und segne mit Mir alle Völkerscharen, damit sie glücklich seien, seinsbewusst, ehrfürchtig, tugendsam und wahr.

3.15
Wer sich selbst erkennt, hat schon recht viel vom Sinn der Welt gewonnen, wer das Allherrliche sucht, wird es auch finden und ihm seine besten Herzenskränze winden. Die Gabe der Weisheit ist das beste Mittel, um dich auf Kurs zu halten, Meiner überragenden Fertilität entgegen. Bedenke täglich was es heisst, mit dem Allmächtigen im Duzis zu verkehren. Hier kommt die Kindschaft und die Kindlichkeit ins Spiel, mit denen du Mir gegenüber stehst und Dinge von Mir forderst, die Ich nicht erfüllen kann. Du selber sollst den Wagemut besitzen, das anzupacken was dir frommt und dem geneigt zu sein, was Ich voll Güte und Vertrauen vor dich lege.

Die Beziehung, die wir miteinander pflegen, könnte unterschiedlicher nicht sein, wenn man die Potenz betrachtet, die die beiden Partner intus haben. In der innigen Verbundenheit jedoch verschwinden alle Unterschiede und es ist als ob nur noch ein Einziger im weiten Lebensfeld agiere. Das ist auch nicht verwunderlich, wenn du bedenkst wie sehr sich Irdisches und Himmlisches ergänzen müssen, um effektiv, bedeutsam und solvent zu sein in der Behauptung ihrer selbst im unerschütterlichen Leben.

Demnach gibt es für dich keinen Grund, dich als gering zu achten, denn Meine Stärke ist dir ein beständiger Gespan und Meine Liebe trägt dich auf den Schwingen reiner Wonne zu den Sternen. Erst im Vereintsein sind die Weltendinge wirklich gross und in der Seinsverschwiegenheit sind sie sich wesenhaft intim, denn sie haben sich noch Ewigkeiten lang unendlich viel zu sagen.

3.16

Bleibe bei uns Herr, denn so vieles ist bei uns ins Dämmerlicht getaucht, das uns verwehrt, die Schönheit deiner Schöpfung anzuschauen. Ich Bin doch alle Tage bei euch inniglich und versuche, euer Herz gehörig auszuleuchten mit Meinem liebevollen Mich-Verstrahlen. Es wallen Dünste auf und nieder, die behindern eure Blicke, doch die reinen Herzens sind, erleben Meine Gegenwart im Geiste, ohne Mich im Irdischen zu sehn.

Lerne, Meine Allpräsenz zu spüren, spreche Ich dir leise ins Gemüte. Du wirst Meine Stimme, des Gewissens, von den vielen penetranten unterscheiden können. Das ist dann die Wende hin zu Mir und Meinem gütestrahlenden Orakel, das sich dir gedankenvoll enthüllt in deiner wunderbaren Art, die Lebensdinge aufzufassen.

Es hängt gar vieles ab von der Gesinnung und Gesittung, die du Mir entgegenträgst. Bist du verständig, bring Ich dich voran und – weigerst du dich, Mich zu akzeptieren, gehst du dem verlustig, was so gern Mein seelenvoller Einfluss auf dich war.

Was mit Geisteswürde und Genie nicht zu erreichen ist, erreiche Ich mit Liebe und Barmherzigkeit und mit geduldigem Erwarten. Änderst du den Sinn, blüht gleich in Mir der

Festgedanke auf und du bist alsogleich an Meinen Fürstentisch geladen. Gut ist, was die Herzensgüte sich errungen, befreiend und beglückend was durch die reine Liebe friedevoll erstand. Du bist bewusst in Mich geboren und Ich habe dich mit Mir vermählt in einem Akt der Freude, Harmonie, des Friedens und des freudevollen Wiedersehns.

3.17
Mir zur Seite, dir zum Freudenfeste sollst du gehn in der Erkenntnis dessen, was dein Wesen ist und ewig bleiben wird in wunderbarer Einigkeit mit Mir. Du sollst dich nimmer sträuben gegen Meinen Ruf Mir treu zu folgen auf der Rosenspur der Hoffnung, himmlischer Erhabenheit entgegen. Der Gesang des Herzens soll dich in Mein Reich und Meine reich geschmückten Weiten führen. Wer kann von sich sagen, dass er offen ist für jedermann im weltumspannenden Getriebe? Niemand als der Meister der Ich Bin und dessen Spuren du allüberall getreulich findest in des Fühlens sinngemässem Sehn.
  Was Ich von dir weiss, will Ich dir sagen, nämlich, dass dein Wesen in dem Meinen wie die gleichgestimmte Saite silberhell und graziös empfindet und fibriert für glückerfüllte Ewigkeiten. Einheit herrscht und Gleichgesinntheit in dem seinsentzückenden Gefieder, derweil sich auch die Geisteszüge nimmer voneinander unterscheiden.

3.18
Besondere Vernunft ist dir solange nicht gegeben, wie du Meiner Absicht, dich mit Weisheit zu begüten nicht entgegenkommst, gerade beim Entwickeln genialer Lösungen für dein Problem. Das will heissen, dass du Meiner Klugheit nicht das Wasser reichst und demnach vollends auf Mich angewiesen

bist in allen deinen wirklich träfen Dispositionen. Dich entscheiden magst du wohl, doch wenn das ohne Mich geschieht, geht dein Ehrgeiz meist ins Leere und bringt Chaos statt bewundernswerte Harmonie hervor.

Wenn Ich die Werkgemeinschaft dirigiere, fällt kein Ausschuss an und keine falsche Note stört das spielende Ensemble auf der triumphgeladenen Tournée. Das bedeutet, dass es lohnend, pfiffig und erfreulich ist, mit Mir auf gutem Fuss zu stehn und Meine Weisungen exakt und pünktlich zu befolgen.

Talent ist immer mit der Gottheit Wissenschaft und Stil verbunden und offenbart das Feeling seines Trägers für Gesetze, die vollends im Numinosen liegen. Vermagst du diesen Quellgrund anzuzapfen, bist du ein gemachter Mann in Sachen reiner Virtuosität im Pläneschmieden und Verwirklichen auf vielbewunderter Prophetenbahn.

Mein Kommentieren trägt den Glanz der Seinsvernunft auf seinen Zügen; jedes Meiner Worte ist an sich schon gross und mehrt die Reputation, die Ich Mir im Äonenlauf errungen habe. Du sollst nicht erst versuchen, es mit Mir und Meinem Duktus aufzunehmen, denn es steht dir besser an, auf Meinem Wellenhoch zu reiten und dich Meiner Stosskraft zu bedienen, statt mit deiner zimperlichen umzugehn.

Lässest du dich ganz in Meine Tiefen fallen, kommt das Sprichwort „Gott ist gross" vollends zum Zuge. Deine Absicht wird von Meiner eingeholt und dein feingesponnenes Gefühl durchstreift der Odem Meiner Güte und Gelassenheit, um ihm den Wohllaut des geheimnisvollen Allseins zu verleihen.

3.19

Willst du tanzen lernen, schau auf die gekonnten Kapriolen Meiner Art und Weise mit den

Universenräumen umzugehn. Es tanzen Meine Sterne, tanzen Myriaden Galaxien durch die Aberweiten Meiner Seinsstruktur. Sie bewegen sich in Wellenformen durch die lichten Räume, ziehn Materie an, überhitzen sich und explodieren und ziehen sich mit Elementenkraft in schwarze Löcher. Sonnen sind sie, Gase, Schleier, Nebel, farbenprächtige Gebilde, die genauso bunte Namen tragen. Wer gab sie ihnen? Ich, aus Menschenmund und Fantasie, Ich, aus dem Bedürfnis, Mich zurecht zu finden in des Universums grandiosem Tigel, Spiegel Meiner selbst und Abbild unerhört geschmeidiger Gedanken.

Durch Mein Sein bewegt ist alles, was Ich an Mir habe. In sagenhaften Ätherräumen pausenlos durch Meine Geisteswirklichkeit bewegt, erstrahlen die Gestirne, derweil Ich Mein Befinden in die kosmische Unendlichkeit verstrahle.

Nimmst du Anteil an dem Ganzen Meiner unerhörten Diktion, so ist es dir gegeben, dich erfühlend und bedenkend, willfährig und gewissenhaft, erkennend und begreifend in des Seins Gefälligkeit und Geistesbruderschaft zu integrieren, zeitlos und glückselig, von Göttern anerkannt und in ihren Reichtum ausgegossen.

3.20
Welche Wohltat muss Ich dir noch sanften Hauchs gewähren, bis du endlich Mich erkennst in deinem Rufen, Raufen, Richten und im Leben recht bestehn? Ich Bin dir Bürge noch für das Geringste, was du tun sollst, um im Moralischen vom Fleck zu kommen und um rigoros dein Image vor Mir aufzubessern. Bedenke nur, wie sehr der Handel, Wandel und Betrieb der Menschheit von dem abweicht, was Ich für sie intendiert und eingerichtet habe. Als in einem Garten Eden sich bewegend

schuf Ich sie und wenn du die Natur in ihrer Unschuld, Schönheit und Gefälligkeit betrachtest, ist sie heute noch dazu geneigt, dir zum wahrhaftigen Refugium und Paradies zu werden. Doch liegt es wesentlich an dir, statt an ihr Raubbau zu betreiben, sie regelrecht zu pflegen und ihre Fülle durch geschicktes Kombinieren aufrecht zu erhalten. Um das zu erreichen, musst du dich als Pfleger, Heger, Diener und Bewunderer der Schätze sehn, die Ich dir gütlich zugehalten. Das jedoch bedingt Vertrauen in Mein Wort, das heisst: Ich will für dich wie für die Taube auf dem Dache sorgen. Das bedingt auch, dass die Menschen ohne jeden Eigennutz in geschwisterlicher Eintracht miteinander leben und dass sie die Talente, die sie vom Sein geschenkt bekommen haben, zum Wohle aller auch mit allen teilen.

Gottväterliches Selbstbesinnen will Ich mit dir üben und dich damit auf die Stufe höherer Vernunft und Menschlichkeit, sowie Gottseligkeit in wunderbarer Einheit heben. Du bist mit allem was da ist aufs Innigste verbunden und bist dazu berufen, als ein Vorbild und Geschickter, Seinverständiger und Heiliger vor dir, vor Mir, mit Mir und aller Welt zu stehn und als ein Seraph der Allherrlichkeit mit Gottes Liebe zu agieren.

3.21

Wie schön und feierlich, ein wunderbar gediegener Kanal zu sein für was die Gottheit will, darfst du dir täglich ins Gewissen sagen. Alles stimmt, was da ans Licht des Tages tritt und öffnet dem geneigten Blick ein Land der Wohlfahrt, Harmonie und des immensen Seinsgenügens. Hier heisst es ja und nein genau zur rechten Zeit zu jeder Frage, die sich in den Raum stellt und zu dir gesellt, Antwort erheischend, unvermittelt, radikal. Da ist es Mir allein gegeben, mit der Findigkeit des Wiesels auf die rechte Spur zu kommen, um schlussends das Gute zu erreichen, das Ich immer will. Entscheidung kann auch rigorose Trennung vom geliebten Gegenstand bedeuten, unbedingt zu deinem wie zu seinem Wohl. Da blitzt dann Meine Weisheit auf und Meine Tugend auf der Linie göttlicher Entschiedenheit, Gewissenhaftigkeit und Ehre. Nur das kann gut gehn, was Ich Meine, denn Ich kann Zusammenhänge einbeziehn, von denen dein Gewissen keine Ahnung hat und die genauso zur Erkenntnis der profunden Wahrheit und Wahrhaftigkeit gehören. Nimms für gegeben, was Ich kann und was dem Weltenwohl entspricht in vollen, runden Zügen. Das zeitigt dann erhabenes Gelingen Meiner Pläne in des Gottesreichs Rendite und Talar. Du hörst dort jemand eine Zimbel schlagen zu unendlich sanften, samtnen Flötentönen. Was dem Ohr genehm ist, schmeichelt auch dem Herzen und versetzt es kurzerhand in einen Freudentaumel vielgeliebter Art ob dem Gefühl des Freiseins, das es dann beseelt. Du siehst vor dir die Weiten des allherrlichen Gesundens an dir selbst, der du dich erkannt hast als des Seins unendlich kostbar glänzendes Gefieder. Nichts ist dir zuviel und nicht zuwenig in der Heiterkeit Elysiens, die du dir zum Aufenthalt erwählt. Ins Zeitenlose bist du eingeboren und von Mir, dem Hüter deines Schicksals, zur Erhabenheit erwählt. Das Sein hat sich dem Sein vermählt und hat sich mit sich selbst durchdrungen bis zur letzten Faser seines geistigen Vermögens. Glückseligkeit ist alles was da ist und ein unendlich Lächeln der Genügsamkeit in allen Regionen wahren Seins und wachen Seligseins im Wunderbaren.

Wahrhaftigkeit zu leben ist kein Schleck

4.1

Eine Palme für den Sieger, ein beglückend Wort zum Lobe Seiner Heldentaten, was willst du mehr, wenn du dereinst das Ziel erreicht hast für dein generationenlanges Nach-Vollendung-Streben. Noch hast du keine Ahnung davon was es heisst, den Olymp der Götter angepeilt und auch erreicht zu haben. Wenn dus so sagen willst, so ist es eine Geistestat von unerhört bedeutenden Dimensionen. Du bist nämlich all so weit gekommen, haargenau zu wissen wer du Bist im grandiosen Weltgefüge. So einfach tönt es, dir ins Ohr zu sagen: „Das Sein bist du" um dann ins Schweigen zu versinken, das dich dazu anhält, diesen Terminus zutiefst im Herzen unablässig zu bedenken. Das führt dich mählich dazu, deinen Sachverstand weit hinter dir zu lassen, indem du dich direkt von Mir, dem Geist der Wahrheit, über deines Wesens Sinngehalt und Qualität belehren lässest. Du gewinnst damit das Wissen, dass du Bist Mein Wesens allerwürdigster Gespan, indem Ich in dir wohne und dich mit Weisheit himmlischen Gehalts verseh, an der du dich erlaben und sanieren kannst für glückerfüllte Ewigkeiten. Zu wissen, dass du eines Weltengottes Wohnstatt, Tempel und Gefährte bist, kann dich schon glücklich machen, wenn du siehst, wie wenig dich im Grund die irdischen Bezauberungen zu befriedigen vermögen. Du wirst ein anderer durch die Einsicht, dass die göttliche Natur mit deiner menschlichen ein wunderbares Team und eine Einheit bildet von erhabenem Charakter und von einer Weite des Bewusstseins, die man wahrhaft göttlich und elysisch, seelensicher, ewig heiter und glückselig nennen kann.

4.2

In Wahrhaftigkeit zu leben ist kein Schleck und nimmt dein Wesen voll in Anspruch unter so viel Unzulänglichkeiten und Verstiegenheiten um dich her. Du brauchst ein weites, generöses Herz, um die Verstösse vieler gegen das Gerechtsein zu verzeihen und damit dem friedlichen und respektablen Miteinander-Gehn nichts Schädigendes zuzumuten. Du glaubst gar nicht wie viel die Klugen und Vernünftigen einzustecken wissen, um aller Arroganz mit Liebe und Gelassenheit, Verträglichkeit und Sitte zu begegnen. In den meisten Fällen ist der Zeitaufwand, sowie der Umtrieb, weit geringer, wenn eine heikle Sache grosszügig und charmant erledigt wird von Herzen, statt mit Fäusten aufeinander zuzugehn.

Mein Sinnieren geht dahin, den Lebensdingen freien Lauf zu lassen all so lange, bis sie selbst an ihre Grenzen stossen. Da muss dann jeder bei sich selber reklamieren und wenn immer möglich zur genialen Einsicht kommen, dass der Fehler bei ihm liegt und nicht bei allen andern.

Nur Ich im weiten Rund kann keine Fehler oder Torheiten begehn. Was Ich erzeuge und bezeuge ist und bleibt vollkommen bis zum jüngsten Tag, sofern es nicht von deiner Seite korrumpiert und ausgehebelt wird. Was solls? Mein Bestreben geht dahin, durch Läuterung und Liebe Einsicht zu kreieren, die die Menschen weiter und zusammen führt in ihrem anspruchsvollen Leben. Die gewiefteren von ihnen werden sich in ruhiger Bescheidenheit auf ihre Allnatur besinnen und ein Bündnis mit Mir eingehn, das zum Spirit, zur Verklärung ihres Wesens und zur Holdseligkeit des Seinsgewissens führt.

4.3

Oberflächlichkeit bringt viele Dinge durcheinander, die im Grund genommen sicher und gekonnt auf Meinem götterlichten Boden standen. Willst du diesem Phänomen entgehn, so ist glasklares logisches Bedenken deiner Angelegenheiten angesagt, ob dem recht viel zutage tritt, was sonst im Dunst verschwommener Gedanken unerkannt geblieben wäre. Trotzdem sind viele Fälle schwierig oder gar unmöglich zu entscheiden, weil zuviele künftige, nicht zu bestimmende Ereignisse im Raume stehn. Da kann nur Eines wirklich hilfreich sich verhalten, nämlich Mein Allwissens, Übersicht und Strategie, die im Unendlichen und Zeitenlosen ihren Ursprung haben. Somit ist Vertrauen in Mich angesagt, wo alle anderen Begriffe ihre Kraft verloren haben. „Das Allerhöchste sagt mir, was zu tun ist", kannst du dir seelenruhig ins Gewissen dirigieren. Seinsvertrauen ist ein wunderbar geschniegeltes und weiterführendes Gefühl, dem anzuhangen sagenhafte Ruhe bringt ins zweifelnde Gemüt.

Meine Position im Universenreich und seinem Sich-Verglühen ist eben die der mütterlichen Obhut über allen von Mir anberaumten Inszenierungen gesellschaftlichen Seins und Lebens, die auch auf dem Erdplaneten über Generationen hin zur ständigen Debatte stehn. Ein Äonenwerk ist es, das Ich Mir in gewaltigen Dimensionen leiste, derweil du es in homöopathischen Dosierungen im kitzekleinen mitvollziehst. Dabei ist alles, was du inszenierst und leistet von nicht minderer Bedeutung als was Ich im Grandiosen unter Meinen aberwilligen Fittich zieh. Alles was geschieht, vollzieht sich in der Pracht desselben kosmischen Bewusstseins, das Ich Mir in allem was da ist eröffnet und zur Wirksamkeit bedungen habe. Auch du stehst im Begriffe, deines Seins Bewusstheit zu erlangen und dich so mit Meinem gleichzuschliessen im verehrenswerten Geistraum, den Ich spielend und Mich selbst beglückend überwalte. Jede Meiner Seinsgebärden ist elysischer Natur und Meinen Myriadenschöpfungen ist haargenau dieselbe tonangebende Begeisterung und Daseinswonne mitgegeben. Nur dass sie recht begriffen wird von den geliebten Bürgen Meiner Geistestaten und dass die Gefährten ihrer Zeit in Meinem Sinn am selben Stricke ziehn. Da gilt es noch viel Aufwand und Berichtigung, Veredelung und Friedensarbeit zu betreiben. Füge du dich in der Seinsprovinz, in der du Bist, gehörig in das Einssein mit dem Allerhöchsten ein und werde so, was Ich Mir Bin, in wunderbarer Übereinkunft mit den göttlichen wie weltlichen Notwendigkeiten Meiner Art und Weise ein gottseliges und überwältigendes Abenteuer zu bestehn.

4.4
Kombinationen sind Mir hochwillkommen zwischen Zähnefletschern, Lämmern, Maulhelden, Senatoren, Laienpredigern und Professoren, denn sie erfüllen ihre Freundespflicht zwischen allem was da kreucht und fleucht aufs Allerbeste, sonderlich in Mir. Auf der Ebene der Gottesfreundlichkeit macht es wenig Sinn sich mit Unrat zu bewerfen, denn da weiss ein jeder, dass er sich im Grund genommen selbst bewirft als Sein vom Sein im Bruderbund von Myriaden. Wem es gelingt, sich im Bewusstsein bis in Meine Höhe zu erheben, darf sich Herr der Ehrfurcht vor dem Leben nennen, derweil sein Handeln und Wandeln von der Einsicht in Mein Milieu geprägt ist. Das bedeutet, dass er fähig ist, sein Tun und Lassen aus verbürgter und gesicherter Distanz zu sehn und dass er damit

urteilsfähig wird über sein alltägliches Benehmen. Das verschafft ihm Luft, sich anders, besser als vordem zu verhalten, nämlich Meiner Art und Absicht, Hoheit und Gewissenhaftigkeit gemäss. Sowie du Schritte unternimmst, darfst du dich ungeniert daran erinnern, dass es die Schritte eines Gottes sind, dem es wohl ansteht fair und fürstlich, liebevoll und freundlich vorzugehn. Mit einem Lächeln auf den seinsbewussten Zügen stellst du dich als einer dar, der weiss worum es geht und der den Anschluss an die göttliche Brigade und Befindlichkeit geschafft hat in des Seins bewundernswerten und von der Allgeistigkeit beseelten Tiefen.

4.5
Kennst du dich – und Mich ist hier herzinniglich zu fragen? Nicht so wie Ich es will und wie's im Sinn der Evolution für diese Zeit und Seinsgelegenheit gegeben wäre. Da gehört noch viel dazu an gutem Willen, Einsicht, Ehrfurcht vor dem Leben und Gestilltheit in der Stille, die die Seele öffnet für die Weiten des Bewusstseins, denen sie sich liebevoll dahingegeben. Deine Schau auf die so einfach scheinende Erkenntnis, dass du Bist verändert zweifellos dein ganzes Sein und Leben. Denn in diesem Augenblicks-Gedanken kommt das Ewige zum Vorschein, das du in dir zu entdecken hast im gloriosen Fortgang der von Mir bestimmten Evolutionen.

Nicht mit dem Schicksal hadern sollst du, sondern seiner Wucht und Willkraft deine zur Verfügung stellen, ist der beste Rat aus Meiner Weisheit Schalen, den Ich dir verleihen kann. Das bedingt von A bis Z ein Heldenleben, das im rechten Masse zu ergreifen wie auch zu verzichten weiss im täglichen Geklapper, einzeln und global.

Wie Ich dich werte ist von eminentem zukunftsträchtigem Bedeuten und nicht wie du versuchst, dich darzustellen vor der Welt der Herrschenden, der Neider, Ignoranten, Besserwisser und verstiegenen Propheten. Sowie du Mich zum redlichen Betreuer aller deiner Angelegenheiten auserwählt hast, kannst du alle anderen getrost links liegen lassen, denn sie dreschen nichts als Stroh und bauen ihren Sermon auf Vermutungen, die sich zumeist als unzutreffend und bedauerlich erweisen.

Es gilt das Sprichwort „trau, schau wem" gebührend zu beachten, und in dieser Hinsicht gibt es keine bessere Prognose, als auf Mich zu sehn und Meine Äusserungen peinlich zu befolgen. Dein Gewissen ist die Stelle, wo der Gottesrat erscheint; du brauchst ihm nur im Stillen inniges Gehör zu schenken, um von höchster Warte das Gediegenste für deinen Weg und deine Richtung zu vernehmen.

Du kannst gewiss sein, dass dich Meine Pfade zum allherrlichsten Gewinn im Geistessinne führen und das will heissen, dass du deines wahren Seins Parabel und Gedicht, Vernetzung und Angelikum allein in Mir erreichst, zu deinem wunderbarsten Seinsbehagen.

4.6

Von Achtung und Gewissenhaftigkeit sei hier die Rede, dir zu Ehren und Gewinn, damit dein Seelensein zur höchsten Blüte und Gediegenheit gerät im Wunderbaren. Sei besonders wachsam über deine Geistesgüter die da sind: Verstand und Edelmut, Gewissenhaftigkeit und Gottesliebe, sowie ein reines Herz, das nur das Gute will und alles anstrebt, was zu Schönheit, Wohlbekömmlichkeit und Frieden führt.

Um all dies zu erringen, tust du gut daran, dem alldurchdringenden Wesen, das Ich Bin, die höchste und glaubwürdigste Ehre zu erweisen. Dabei geht es nicht darum, nach alter Vätersitte wöchentlich einmal recht fromm und gern gesehn im Kirchenraum zu sitzen, um dir die Lieder und Gebete anzuhören die Mich in gute Laune und Versöhnlichkeit versetzen sollen.

Mein Anspruch ist enorm, wenn es sich darum handelt, dich in guten Treuen zu erhören und dir, im Agieren, Meine innere Präsenz zu offenbaren. Nicht in groben Stössen geh ich vor, sondern so subtil, wie eines linden Windchens Hauch im milden Sommerabend-Sonnenscheinen. Es ist die Grazie der göttlichen Vernunft, die dich berührt, wenn du auf einmal weisst, wie wunderbar gediegen und erfreulich, majestätisch und galant es um dich steht, derweil Ich deine Sache unbedingt zum Besten führe, das du dir erdenken magst.

Im Osten geht die Sonne auf, indem sich deine Wohnstatt unablässig und verschwiegen zu ihr dreht, damit sich Meines Strahlens Energie und Wohlfahrt, Lieblichkeit und Lichtheit über dich ergiesse. Was denkst du wohl, warum die Menschen in der Frühzeit diese Lebensspenderin als eine göttliche Gebärde in sich fühlten? Weil sie erkannten, dass Ich in den Strahlen Bin und Mich in ihnen aus der Geistwelt in die irdische voll Liebe transzendiere.

Alles was da allweit ist, ist eine Offenbarung Meiner Geisteswirklichkeit und Seinskraft bis hinauf zu dir, an dessen Fersen Ich Mich hefte, um dir höchste Ehrfurcht vor dem Sein und Sinnen, das Ich in dir offenbare, einzuflössen.

Das ist die universenweite Gotteswirklichkeit, in der du dich noch wie im Traum ergehst aus Mangel, sie zu spüren. Wende dich Mir zu, der Ich allgegenwärtig Bin und sei das Wesen Meiner Güte und Beständigkeit, Erhabenheit, Glückseligkeit und Milde des Geschicks im Wunderbaren.

4.7
Genial und gütig ist Mein Wesenswirken an der Welt und ganz besonders auch an dir, du Mein Capriccio, Meine Tugend, ewige Jugend, Heiterkeit und Ehre im gediegenen Allhier. Ich säume nicht, dem nachzuschicken, dass Mein Welterscheinen überall begleitet ist von wunderbar gesegneten und geisterfüllten Tönen. Es ist ein Fest der Wohlgelungenheit wie der gedankenvollen Kapriolen das zu feiern Ich bei jedem neuen genialen Einfall siebenselige Ursach habe. Schon seit immer ist es Mir gelungen, aus Gedankenschärfe, Witz und Willkür reizende Gebilde wahrer Kunst hervorzuzaubern die jeden zu entzücken und aufs Lieblichste zu unterhalten fähig sind.

Es ist keine Schande, heitere und hochbegabte Dinge zu kreieren, die die Seele heiter stimmen und besonders gnädig ihrem anspruchsvollen Schicksal gegenüber. Leiste dir soviel du kannst an freiheitlichen und in Meinem Sinn gestalteten Gedankenzügen. Sie halten die zum Tändeln neigenden Gemüter locker in Bewegung und verleihen ihnen Spannkraft, Disziplin und Willensstärke.

Es ist so wesentlich, dass sich die Unternehmungen von deiner wie von Meiner Seite gleichen, denn das vermeidet Friktionen und gewährt freigiebig und gelassen, schlicht und schlau ein wachsendes Gefühl für das Unendliche, dem Ich wie nichts entgegenstrebe um es klar und schlüssig, vielgeschossig, geistgesegnet und verheissungsvoll vor Mir zu sehn. Achte tunlich darauf, wie du Meinem In-dir-Sein entgegenkommen willst und lass dann alle Leinen los, die dich fern von Mir und Meinen seinsgewaltigen Meisterzügen halten. Wenn du nur willst, kannst du und was du können sollst will Ich dir unverhohlen zeigen. Was immer du gewinnst ist von Meinem Gold verbrämt und was du förderst wird von Mir und Meinem Hause gutgeheissen, dass es bis zum Himmel aufblüht und dir Glück und Seligkeit, akute Herzenswonne und herzinnige Verbundenheit mit Mir gewährt.

4.8

Raritäten sind besonders aufmerksam und seinsgeschickt zu hüten, damit sie deinem Hause nicht abhanden kommen, vordergründig, hintergründig und final. Nun frag Ich dich, was kann dir köstlicher erscheinen, als das was Ich dir Bin in deiner Welt der Mangelhaftigkeiten, der Lebensmühsal wie der Täuschungen, denen du auf Schritt und Tritt erliegst? Weltliche Güter brauchst du unbedingt besitzen und befehligen zu müssen in deiner Gier nach neuem, extraordinärem und exotischem Geflitter vor und unter deinem Näschen. Was greifbar ist verschaukelt dich in Freudenstürme, doch was du nicht begreifst lässt dich recht kühl in deiner Kindlichkeit und deinem kindischem Gebaren.

Dabei Bin Ich dir ständig, selbstverständlich, lieb und innig nah und unterweise dich in wunderbar geheimnisvollen Quoten. Du lernst von Mir, so wie's der Herr den Seinen gibt, im Schlaf. Derweil du dich veränderst, gehn dir geflissentlich die Seelenaugen auf zum Erleben Meiner Geistesgüter.

Gerade was dir frommt wirst du auf diese Weise kennenlernen und was deine Art zu sein an Meine sagenhafte angleicht in unerhört gewissenhaften Wagen.

So Wohlbekömmliches und Geniales wie aus Meinem Garten wirst du nimmermehr serviert bekommen. Geistreich bist du und unendliches Bedeuten von dem schöpfend, was von Mir kommt aus den Sphären der gottseligen Bewusstheit Meiner selbst, sowie der Seinsgelassenheit, in die Ich Mich emporgewunden. Hier darf jedermann die Grazie des Seins sowie den Wert von seiner Wissenschaft empfinden, Meinem Götterdienst gemäss im Wesen der unendlichen Befriedung, Glorie das Allerhöchsten und der ewig seelenvollen Harmonie.

4.9

„Glorie in excelsis Deo" darfst du mit den Engelwesen singen, sowie dein Geist sich freien Sinns zur Mir erhoben hat, zu dem der ist und der Ich Bin im Wunderbaren. Es ist kein Weg zurückzulegen vom Hier zum Dort, vom Dort zum Hier, nur dass sich des Bewusstseins Attitüde ändert, so dass du in der Geistwelt Wachheit feierst, derweil du in der Hiesigen die Zeit verschläfst.

Im Reich der reinen Geister wach zu sein ist für Mich ein selbstverständlich registriertes Phänomen, an dem Ich Mich aufs Köstlichste erlabe. Das allgemein Bewusste, das Ich Bin, zieht alles Unbewusste magisch an und versucht, es aufzuhellen bis zur wunderbaren Heiterkeit, in der Ich immer Bin und wese.

Was beliebt wird auch erreicht, kann Ich dir leise ins Gewissen sagen, denn der Gang in Meine Tiefen ist ein Hochflug der Gedanken so weit, dass sie „sehend" werden und das Numinose klar erfassen können in der Eigenart, die es sich selbst zur Wohnstatt und Befindlichkeit dahingegeben.

Offensichtlich hat das Denkende und Fühlende, das Ich Mir Bin, sein Eigensein erkannt in seinem

Urwert und Ins-Sein-Erspringen. Aus dieser eigenschöpferischen Qualität ist dann der Wille zur All-Bildlichkeit entstanden, in dessen Aberfolge es des Universums Sagenhaftigkeit ins ewige Sich-Verrollen brachte. Du bist das gründlich Unergründliche, das ist und das als geistige Substanz dein Wesen ausmacht; alles andere, verleiblichte, ist Dekoration und kann als liebenswerte Geste Meiner Spielsucht und gedankenkräftigen Sulfide aufgefasst und in dein Kenntnisbuch geschrieben werden. Es gibt die Wahrheit über dein Dich-im-Allhier-Befinden und die verkünde Ich mit absoluter Kompetenz und Findigkeit im unermesslichen Getriebe: dass du Bist Mein Ich's klammheimliche Redoute und verehrenswürdiger Gespan. Ich mag dich und du sollst auch Mich von ganzem Herzen mögen, denn das Einssein in der Fülle der brillanten Lebenspoesie muss doch genügend Anlass dazu sein, das All zu lieben und in seiner geistigen Potenz vollständig aufzugehn.

4.10

Ohne Weiteres kann Ich dich weiterbringen, wenn du nur willst auf Mich und Meine wunderbar beseligende Liebesbotschaft hören. Aus elysischen Gefilden strömt sie ungehindert in dein offenes Gemüt und verbreitet dort die Wohlfahrt und den Segen Meines Hauses für ein Myriadenziel. Der neuen Zeit entsprechend trage Ich dir unverbrauchte, faszinierende Ideen vor, von deren Wirklichkeitsgehalt sich jedermann mit Leichtigkeit und gutem Willen restlos überzeugen kann. Was Ich dem vielgeliebten Volk entbiete ist von Klarheit und Gewissenhaftigkeit, salubrer Wichtigkeit und Jugendkraft ein gütestrahlendes Idol.

Wo das Wissen um Mein lebenspendendes Mandat gepflegt und hochgehalten wird, herrschen Friede und Versöhnlichkeit in beiden noch so divergierenden und selbstbewussten Lagern. In ganz besonders anspruchsvollen Fällen trete Ich persönlich auf den Erdenplan, um Querelen in der Völkerschaft zu schlichten, oder um der Evolutionenschritte Willen, die dem Ganzen Meines grandiosen Götterplans zu Grunde liegen.

Was unbedingt geschehen soll geschieht allein durch Mich und Meines Waltens Gravität im übersinnlichen Gefüge. Da kann es dann geschehn, dass du das Mittel wirst, mit dem Ich Meine Absicht selbst im stärksten Gegenwind naturgemäss vollende. Dann bist du Meines Wirkens ebenbürtiger Gefährte, dessen Wahlrecht und Verbindlichkeit auf Meiner Stufe steht im unerschütterlichen Lebensreigen. Du Bist und darfst es ruhig unter Brüdern als Mein allerwürdigstes und kühnstes Wort verkünden. Es befreit dich von jedwelchen zweifelhaften Sorgen und beschenkt dich mit der Sicherheit der himmlischen Gewähr. Holdseligkeit und Herzensliebe sind die Folge für dein Wesens Drift und Equilibrium dem Meinen, hocherhabenen entgegen. Deine Wohlfahrt ist immens, wenn du in Meinen Feuern fürbass gehst, denn die Geschichte deines Werdens endet in dem allerreinsten Sein, in das Ich dich als wunderbar Verklärter liebevoll und gütig tauche.

4.11
Ich reiche dir die Hand ins Weltliche hinüber und lade dich zum Aufbruch ein, um in der Meinen endlich festen Tritt zu fassen auf der Wanderschaft zum Gottesziel. Der Geistesboden ist wie eh und je vorhanden, du brauchst ihn nur als ein Allwirkliches mit deinen Seelenaugen anzusehn und seiner

Tragkraft zu vertrauen. Es helfen dir die guten Geister Meiner Myriadenschar dazu, dich im Unendlichen zurechtzufinden und allmählich ganz getrost in ihrem Lichte durch den ewigen Freudentag zu flanellieren.

Mir vertrauen heisst zu wissen, dass Ich Bin und dass du selber Bist ein Wesen der allgütigen Natur, die dich beschenkt mit ihren Wundergaben, die da sind: Dein Leben in des Leibes hochsensibler Hülle, deren du bedarfst, um das Bewusstsein von dir selber, wie der Universenwelt in der du lebst, beständig zu entfalten. Allmählich wirst du dir der Geistigkeit bewusst, als deines Daseins wahre Wirklichkeit und kannst dir auch erklären, dass deine Ich-Person unsterblich ist und über alles triumphiert, was dich bedrängt und nach Verwesung riecht im Lauf der Weltenzeiten.

Bist du so weit gediehen, dass dein Sinn dem Meinen sich aufs Schicklichste verwandt und eingebürgert sieht, kann Ich dich mit Meinem Weistum reiner Geistigkeit aufs Trefflichste belehren.

Es sind Gedankenströme und Empfindungen, die mit ihrem Sein die Welt aufs Allerwirklichste durchkraften und damit alles was da ist in nie verebbende Bewegung setzen. Jahrtausende sind es, die so durch ihre tätige Wucht als Irdisches erstehn um mählich wieder, wenn die Urkraft sich zurückzieht, zu verblassen und verwehn. Ich aber Bin mit dir in Meines Geistes Schosse der Allherrliche von überirdischem Gehalt und von einer Süsse des Empfindens Meiner Fähigkeiten, die sich ewig fortträgt und das Schöpferische stimuliert, an dem Ich Meine allergrösste Herzensfreude finde.

Unter Meinem Schutze wirst auch du zum reinen Sein hinauf gedeihen und dein Dasein schon im Menschlichen in der elysischen Gelassenheit geniessen, die allen Seinsverständigen frommt und ihnen wahres Leben, wahre Wonne und glückselige Geselligkeit mit dem Allmächtigen beschert.

4.12

Entfalte dich im Heilbad Meiner Geisteskräfte und entschliesse dich zu sein als der der du dir Bist im Wunderbaren. Manche Latte liegt zu hoch für den begabten Sprinter, doch die Meine soll dir nur geringe Hemmnis sein, weil Ich dich mütterlicherweis zu ihr erhebe. Sowie du dir bewusst bist, wie gebügelt und geschniegelt alles dir vonstatten geht, wenn Ich dich dabei liebevoll und wissend unterhalte, hältst du dich getrost an Mich in allen deinen menschlichen Kreationen. Meiner speditiven Hilfe kannst du sicher sein, weil Ich, was du dir Bist, seit Ewigkeit aufs Zärtlichste bewohne. Ich setze Mich für dich wie eine zornerfüllte Bärenmutter ein und wehe wer in Meiner Tatze fürchterlichen Schag gerät in seinem unbedachten Zirkulieren.

In Mir ist Heil und Hoffnung mitten in des Lebens fährlichsten Bandagen; Mein Jagdhorn hallt durch alle Geistesräume, derweil du weisst, dass Ich dir das erlegte Wild behutsam vor die Füsse lege. Hat dich ein Windhauch sänftiglich gestreift? Ich war es, der dir eine Geste zuhielt im allmächtigen Erbarmen, das Ich für dich hege. Ich lese liebend gern im Buch deiner Gedanken, um dir dann die Dienste eines Gottes anzubieten. Was du niemals schaffst, ist Mir ein federleichtes Unterfangen und was dir unerreichbar scheint, will Ich, noch eh der nächste Morgen graut, für dich im Spiel erreichen.

Präzise nach dem Grad der Hoffnung, die du hegst, kann Ich dir den ersehnten Weg bereiten, der dich zu Meinem Ziele führt im buntgeschmückten Gottesgarten. Weit offen ist er allen, die mit

Vehemenz und gutem Willen zu ihm fürbass gehn. Du kommst und siehst und trägst dich in die Liste der Bewundrer ein mit dem freudevollen Ruf: Es stimmt aufs Haar, was du verkündest und voll Liebe für mich auserwählst.
So begabe Ich die Seinsverständigen mit Meiner Hohheit, Kraft und Zirkulation und gewähre väterlich was ihnen frommt in langgedehnten Tagen. Meines Seins Beruf ist Aufbruch und Erfüllung deiner Wünsche wie auch Meiner Grazie Geflüster landauf und -ab voll Heiterkeit und gotteslichter Eleganz im Wunderbaren.

4.13
Was du nie geschaut hast, will Ich dir vor die entzückte Seele führen mit dem Ruf: Dies ist Meine Herzensgabe an dein Sein und Wirken, die Bestätigung der ewigen Jugend deines Wesens wie der Sinnspruch, der dein denkendes Gewissen in die Lieblichkeit Elysiens entführt. Du hütest als den grössten Schatz der Welt die Zauberformel des „Ich Bin" in deinem Busen und verteidigst ihren sakrosankten Wert mit allen Fibern deines Gegegenwärtigseins in Mir. Da gibt es nichts mehr zu bereden, weil die Glorie des schweigenden Gefühls dein Da-Sein dominiert und es in seiner nie verebbenden Holdseligkeit bestätigt, die Ich ihm für alle Zeit als Gottespfand und Kleinod mitgegeben.
Was du an dir selber hast, kann dir von keiner Macht genommen werden. Was dein Sein betrifft, ist es von Meinem eine vielversprechende Nuance, die es zu pflegen gilt und ständig zu verehren in den Weiten Meiner geistigen Potenz im Numinosen.
Dass du Bist ist Meiner Weitsicht zuzuschreiben ins allgeistige Gefüge in dem sich alles abspielt, was da ist und was es Wert ist aufs Gewissen-

hafteste bewahrt, verteidigt und dem Licht der Wahrheit zugeführt zu werden. Es ist für Mich ein ausgesprochenes Vergnügen, Mich mit absoluter Wachheit und unendlicher Beständigkeit im Sein zu sehn, dem Grundgehalt und Kräftespender Meiner weltgewandten Aktionen. Was es auch sei, Ich finde und empfinde die Ressourcen dafür in der abergründigen Gefälligkeit, die Mir Mein geistiges Potential erweist in Unversieglichkeit und lückenloser Qualität. Wann immer sich Mein Wille anschickt Unermessliches und unvergänglich Königliches zu kreieren, öffnen sich die Schleusen Meiner gottbegnadeten Kapazität, um dem Vollbringen und Besingen ihre besten Dienste zuzuweisen. All so seh Ich Mich im Seinsgewissen allezeit aufs Beste aufgehoben und bedient, um die Allherrlichkeit von ganzen Göttergenerationen in die Universenwelt zu tragen.

4.14
Grosse liebenswerte Dinge sind von Mir an dir getan ein Lebelang und sind als Brautgeschenk der Gottheit an die Seelenseligkeit zu werten, die Ich dir gar liebevoll vergebe. Ein ewig heiteres Gemüt ist alleweil zu schätzen in der Lebenstage quionierendem Betrieb. Das völlig Unbeschwerte aber lass Ich stets von Mir zu deines Herzens lauterem Befinden strömen. Es ist die Liebe zu der Liebenswürdigkeit der irdischen Geschöpfe, die Mich führt, der Drang, Gerechtigkeit und Frieden noch und noch zu spenden sowie das Allversöhnende, dem Ich seit eh und je verpflichtet bin aus Meines Seins gottseliger Gebärde.
Schwimmst du in Tränen, lass Ich sie ob Meiner milden Gegenwart versiegen. Suchst du Gerechtigkeit in deines Reiches vielerprobter Prälatur: Ich kann sie dir aus Meinem übervollen

Hause väterlich vergeben. Noch heute öffne deine Herzenstür und lass dich von dem Lichte, das Ich dir entsende, mit der Welt der Drangsal inniglich versöhnen. Es ist, dass Ich dich in den Höhen Meiner Meisterschaft mit alledem zutiefst beglücken will, was Ich im Rang der Gottheit an Mir habe. Mein Ewiges trägt dich auf Flügeln des Gesanges federleicht hinan und lässt dich eine Wesenswelt von Liebenswürdigkeit und immanenter Traulichkeit erfahren. Du reagierst auf die Verkündigung der Botschaft, dass du Bist und dass Ich Meines Daseins Elegie und Wohlbesonnenheit nach Herzenslust und -liebe mit dir teile. Völlig heil und heimatlich, zutiefst bewegt und heiter ist, woran du Mich erkennst und was dich in die Lage setzen soll, dasselbe auch zu sein in der enormen Vielfalt deines Dich-Besinnens-und-von-aller-Dinglichkeit-Entwöhnens.

Ich Bin für dich, was ewig sein soll in den Sphären Meiner Huld und Güte am Geschehn. Du Bist wie ein versilbert Bächlein leichthin und bewusst in Mich gegossen, damit die Sage sich erfüllt vom Wohlverstand Elysiens, in den du dich voll Liebe und Beharrlichkeit, Vertrauen und gottseliger Vernunft ergeben sollst.

4.15

Melde dich bei Mir und Ich will dich allsogleich mit Meiner Herzensgüte überströmen und dir Meiner Weisheit Seim behutsam in die Seele sinken lassen. Du hast es Mir zu danken, wenn so vieles, was dich ganz persönlich und intim betrifft, dir tag- und jahrlang hinterherläuft wie am Schnürchen. Der Dampf der vollen Schüsseln streicht dir um die Nase, das Geschäftliche vollzieht sich anstandslos und dein Wohlbefinden kommt nur selten federleicht ins Wanken. Du bedauerst zwar, dass es nicht alle so erfolgreich und behaglich haben, doch was kümmerts dich, sie sollen für sich selbst zum Rechten sehn.

Nur, dass du wie ein Heide, ohne die Verbindlichkeit zu Mir und Meinem Gotteshaus agierst, ist deines so fidelen Daseins kapitales Manko, das sich brisanterweis bemerkbar macht, wenn eine Kräuselung des Schicksals dich betrifft in deinem listenreichen Wohlbehagen. Das Vergängliche der Weltengüter tritt dir vors Gewissen, derweil du mit dem Ewigen, das Ich dir Bin, noch nicht zurecht kommst in der Schlankheit deiner Lebenstage.

Solang du Mich nicht kennst ist dein Bewusstsein an das Tödliche verloren. Doch Ich, der Ich dich kenne, geb dich niemals auf, weil Ich in jedem Fall das Allerheiligstes, Beständigstes und Liebevollstes Bin, was sich nur denken lässt an deinen dürftigen Gestaden.

Dir merken sollst du, was Ich meine und deinem Dasein damit eine neue Richtung, Gottgefälligkeit und Seinsprosperität verleihen.

4.16
Hast du verstanden, was es heisst, ein Gotteskind zu sein, wirst du auch begreifen, dass Ich dich dereinst als Gottessohn und -tochter feiern will in Meinen hocherhabenen Gemächern. Erwachsen werden sollst du im Gewoge vieler Evolutionenschritte, die von langer Hand von Mir geplant und vorbereitet sind in der gewohnten Meisterschaft und Glorie des Allerhöchsten. Es erscheint als Wunder der Beweglichkeit, wenn ein so hocherhabenes wie Ich es Bin sich mit so Geringem solidarisiert und dich behutsam auf den Sockel hebt gottseliger und seinsbewusster Gnaden.

Deine Welt ist erst vollends in Ordnung, wenn du das kapiert hast und auch danach handelst in den

Regionen deiner Zuverlässigkeit im Lenken und Beherrschen deines Weltsystems. Derweil du Bist, bist du ein Angestammter Meines Seins und darfst dich als Empfänger Meiner Vatergüte selig wissen im unendlichen Allhier.

Meiner Mahnung sollst du folgen: Gürte dich mit Meiner Kraft und Weisheit, Siegeslust und Parität in Sachen Heldenmut und Tugend, Geduld und formvollendetem Genie, damit Ich dich in deinem Sosein akzeptieren kann als Seinsgeborener und Hüter Meiner Sitten in der geisterfüllten Aura der Verklärten.

Ich spreche dich als einen Fortgeschrittnen an, der sich bewusst ist, was es heisst, in einem gottgeweihten Dialog mit Mir zu stehn für Zeiten wie für Ewigkeiten in der Sicherheit und Seligkeit des Seins und seiner Wundergaben.

4.17

Oh holder Mai im Geistessinne, wie machst du alles wieder neu vor aller Augen, die den Geistgehalt des Lebens seinslebendig vor sich sehn. Wahrhaftig bist du Mir der Bote jener Wesen, die aus der Fülle ihrer Eigenkräfte schöpfen können, welche nie versiegen und sich zu allem modulieren lassen, was den Geistgewaltigen des Formens einfällt in den Höhenflügen ihres seinsnatürlichen Gedankenspiels.

Auf diese Weise wird es wahr, dass aus dem genuinen Willen zum Gestalten ganze Welten jugendfrisch erstehn und sich in ihrer Lebenslust nach allen Seiten und Gelegenheiten recken, bis sie ihren vollen Wuchs erreicht und vor sich ausgebreitet haben.

Was beliebt ist auch der Schönheit seiner selbst dahingegeben, was sich zur Vollendung drängt, kann kaum den Tag erwarten, der das Geistprodukt als Abbild seiner selbst im irdischen Gewande offenbart. So ungeduldig, quirlig, rastlos und beständig Bin Ich immer schon gewesen. Mein Sein erfüllt sich in dem Sein der Welten, die Ich Mir erschaffe, Meine Züge sind, wie die des Schachgiganten, unschlagbar durchdacht und in die hehre Zukunft eingeschrieben. Längst erfunden ist von Mir das ausgeklügelte Prinzip des Delegierens, demzufolge Myriaden grandiose Werke, Werte und beglückende Bedingungen geschaffen werden können. Somit bin Ich ausgereift und grossgewachsen auch in dir um Meine Absicht zu befördern und selbander mit den Vielen alles leichthin zu vollbringen, was Ich will und was Mir in der Gottesseele brennt zu wunderbar gesättigtem Genügen.

4.18

Blamabel und bestürzend ist das Leben ganzer Völker, wenn sie nicht von weisen und gewissenhaften Menschen angeführt und fit gehalten werden. So auch du. Doch was ist Weisheit ohne dass sie Meiner Weise glorios geworden ist und schöpferkräftig, wie es Meinem Götterstil entspricht und Meiner Fähigkeit zu glänzend überlegten Dispositionen.

Alles was Ich unternehme hat unendliches Gewicht und atmet Weltbedeuten aus der Fülle Meines überragenden Gehabens. Wo der Mensch noch wie in wirren Träumen sich ergeht, ist Meine Wachheit Legion und Mein Bewusstsein eine Perle der Entschiedenheit im wahrsten Wortsinn, wie in dem was daraus resultiert auf Myriaden Arten.

Meine Stimme gilt für Aberviele unbedingt, selbst wenn diese noch so viel zu sagen haben. Das kommt von der aufs Feinste destillierten Klugheit, deren Ich Mich stets aufs Trefflichste bediene. Es ist auf deinem Feld nichts nütze, einfach unbesonnen dreinzuschlagen, denn wahrhaftige Besonnenheit braucht Zeit und sie entspringt der Tugendstärke, die Ich auf die Waage des Ermessens lege. Was du ohne Mich verrichtest hat den blossen Wert von Naschereien die im Nu im unbeherrschten Mund zerschmelzen. Mein Beginnen jedoch endet in der vollen Süsse des Erlebens unvergleichlichen Gewinns in Sachen Wohlbekömmlichkeit und auserlesenem Befrieden.

4.19
Mit einem Eklat fängt gar manches an und endet schliesslich doch im unnachahmlich eingebrachtem Frieden. Wo das Eine sich erregt vollendet sich das Andere in Wohlbesonnenheit und Harmonie. In Meinen götterlichten Sphären kommt nur das Verströmen reiner Liebe wie die absolute Redlichkeit zum Zuge. Ewige Heiterkeit und alles überstahlende Glückseligkeit beseelen Mich und Meine Seinsgenossen in der Fülle dessen was wir sind und wonnevoll betreiben. Unser Halt ist der Gehalt an Weisheit den wir gütlich und verehrenswürdig mit uns tragen. So geschiehts, dass jede Wendung und Verwendung die wir elegant vollziehn, dem Wesen wahren Seins entspricht, das wir für uns und unsere Bruderschaft gepachtet haben. Das Viele ist im Einen und das Eine in dem Vielen lückenlos enthalten, das Ich Bin und dem die universenweit geschaffenen Gebilde der Allherrlichkeit zu huldigen haben. Was in Mir Bestand hat, ist das Ewige an sich, derweil sich das äonenlang Geschaffene kontinuierlich auflöst, ohne dabei der Erfahrung Schätze und Gediegenheiten preiszugeben.

Das wirkliche Geschehen jedoch spielt sich in den Geistessphären ab, die Ich aufs Redlichste verwalte und im Auge der Gerechtigkeit behalte. Stimmst du Mir zu, so kann Ich Stuf um Stufe dich zu Mir und Meinem höchst sensiblen Protokoll der liebestrahlenden Allherrlichkeit erheben. Nun gilt es für dich, Meiner Grazie gemäss, die Spindel der Gefolgschaft pausenlos zu drehen, bis du zu den Avancierten und Verständigen gehörst, die sich im Geisteslichte freien Sinns und frohen Muts voll Lebenswonne baden.

4.20
Wer schickt dir inniges Empfinden der Gottseligkeit in dein geistdurchflutetes und seelenvolles Lebenstal? Der Gott der Wahrheit, Liebe und Gerechtigkeit, der Ich dir Bin und der voll Grazie, Gutmütigkeit und Stärke über deinem Haupte waltet und dich nach deinem Wohlverhalten in die lichten Sphären seiner Hocherhabenheit erhebt. Du meisterst, was dir von Mir aufgetragen ist, mit stets bedeutenderer Seinsbravour, an der die wahrhaft grossen ihrer Zeit wie satte Weinstocktrauben hangen. Das soll nun auch dein ganz persönliches und wohlbestalltes Priestertum und Seinsgefüge sein, dass du in Mir zum Opfer wirst für hunderttausend Weltentaten. Wer sühnte sonst, was überall geschah und noch geschieht auf dem ersterbenden Planeten? Ich schicke dir die Kraft der Gottgedankenwelt dazu. Wer immer will, kann sich am unerhörten Werk, das Ich betreibe, freien Sinns beteiligen im gottgesegneten Bewusstsein, dass Ich in ihm Bin der Sich-Verstrahlende und vielgeliebte aller Zeiten, den die Einen krampfhaft suchen und die andern ohne weiteres zu finden wissen in der Weisheit ihrer Seinsstruktur.

Nun sollst auch du dich auf die grüne Seite der glückseligen Finder schlagen, deren Leben sich im wunderbar gesättigten Diskurs mit Mir aufs

Wohlerwogenste verändert, einer Periode der herzinnigen Glückseligkeit entgegen.

Ich besinge weiter nichts, als was du Meinem Throne zu besingen hast in deinen Fibern, Liedern und Verehrungen an Meines Gnadenhimmels Hofe. Was immer du zu Mir hinüberreichst, will Ich dir, hundertfach mit Meinen Liebesgaben angereichert, wieder weltwärts reichen. So ergibt sich ein bewundernswerter Austausch von Holdseligkeiten zwischen dir und Mir, der sich in deiner Hemisphäre zwischen den Verliebten und zutiefst Verbündeten ereignet. So auch mit Mir, der Ich der Lebenswelten König und Gebieter, Wissende und Weise Bin, seit Ewigkeiten. Ich pflege, was Ich unter Schmerzen schuf und pflichte deiner Ansicht bei, dass es verehrenswerte Meisterwerke sind, aus Schaffenslust, Genie und unverbrüchlicher Geduld entstanden. Ich biete dir Mich an als treuesten der treuen Weggefährten, der dich durch dein Schicksal führt und dir die Wege offenlegt, die dich unbedingt in Meinen lichten Liebeshimmel führen. Dort herrschen Wohlfahrt, Licht und Frieden in natürlicher und freudespendender Gelassenheit, die dir's ermöglichen, dich frei heraus im Wesentlichen zu entfalten und den Sturm deiner Talente in einem Milieu zu entladen, das dir vollends angemessen und aufs Schönste dienlich ist nach deinem sehnlichen Verlangen.

Licht vom Lichte Bin Ich dir und entzünde deine Fähigkeiten in der wunderbaren Weise, dich sich Göttliche entgegenhalten und voll Liebeszartheit und Empfindsamkeit, Freigiebigkeit und Seinserhabenheit gewähren.

4.21

Was immer du von Mir erbittest schenk Ich dir in vollen, runden Zügen. Dein ist Meine Absicht gut und gütig gegenüber dem zu sein, was Ich mit liebestrahlender Gebärde in den Lebensraum gestellt und mit Genie aus Meiner Fülle ausgestattet habe. Aus der Sicht der Himmelstrautheit und Gottseligkeit ist alles was da ist bezaubernd licht und wunderschön. Es blinken Mir die Sterne ihren Seidenglanz entgegen; das allnächtige beseelte Schweigen der Natur besänftigt Mein Gemüt und erhebt es zur Holdseligkeit des Weilens in den Sphären der allgöttlichen Natur. In der Trautheit mit dem Sein vollendet sich, was Ich Mir Bin und was sich alle Geisterfüllten sind, in der Allherrlichkeit und Grazie des gottgesegneten Allhiers.

Das „Ich Bin" gewinnt die Überhand über alle deine Seinsaffären und erweist sich als der sakrosankte Retter aus jedwelcher Not. Es ist das Allerbeste, was du an dir hast und was den Augenblick gekonnt und sicher mit dem Ewigen verbindet das sich beglückt und heiter im Unendlichen verliert.

Das Bewusstsein empfindet sein Bedeuten in der Schau auf seine kosmische Dimension, die alles in sich schliesst, was je geschaffen wurde ebenso wie alles Unerschaffene das sich als geistige Potenz im Überall befindet. Du Bist weil Meines Seins Erhabenheit das Deine mild und liebelicht durchströmt und dir die ewige Fülle offenbart, in der Ich Mich verschwebe. Was immer Ich Mir leiste, ist auch dir zu leisten auferlegt und was Ich in Mir strahlend zur Entfaltung bringe, ist von dir genauso in den Stand vollkommener Gerechtigkeit und Würde, Zielbewusstheit, Wonne und Begnadung zu erheben.

Was die Auserlesensten der Geister von sich meinen

5.1

Keine Fragen mehr in Mir und Meiner Hemisphäre der glückseligmachenden Synthese mit dem Sein, das alles überstrahlt was *ist* und was die Auserlesensten der Geister von sich meinen. Seinsgewaltig ist die Stille, die in deinem Herzen Hof hält, wenn du dich erkannt hast als das weltenschaffende Prinzip des freien Über- sich-Verfügens. In deine Hände ist die Herrschaft über dich gelegt; dein Wille kann sich hier- und dorthin wenden, innerhalb der Grenzen deiner Ich-Natur. Doch wo sind diese anzusetzen? Bleibst du geistig stehn, so schliessest du dich in dich selber ein, erhebst du dich zu Mir, so sind dir alle Weiten der pulsierenden Allherrlichkeit und Wohlfahrt offen, die da sind und die dich mit der Pracht der göttlichen Gewissenhaftigkeit bekleiden. Deine eh so irrlichtierenden Gedanken nehmen die Konstanz und Zielbewusstheit göttlicher Ideen an; du siehst dich als ein Teil von Meiner Dignität agieren und zerschlägst die herrschenden Gesetze mit der Sicht auf jene Gottgesegneten und Allvernünftigen die Ich voll Übersicht und Lebenswonne generiere.

Mein ist dein geworden, jede Silbe Meines götterlichten Weltregierens fliesst aus deinem benedeiten Munde, derweil jedem deiner Züge ein unendliches Bedeuten zukommt, als von Mir gegeben und geführt, behauptet und im Sinn der Evolution in deine genial gewordne Hand gegeben. Somit besteht dein Freisein in dem eminenten Wählen zwischen dir und Mir, zwischen deiner kitzekleinen Eigensinnigkeit und Meiner allumspannenden Bewusstheit wahrer Wirklichkeit, die alle Motivationen und Verdikte in sich schliesst, die sich durch die Lebenszeiten froh in Meinem Sein ereignen.

Somit deutet dir die Weltenweisheit an dich selber aufzugeben um sogleich in der umfassenden gottseligen Bewusstheit Meiner selbst voll Wonne wieder zu erstehn.

5.2
Webe, wirke, transzendiere in Mein Reich und sei, was Ich Mir Bin, in Meinem unerhört geschmeidigen und wunderbaren Mich Begründen. Für dich mag, was hier vorgeht, kaum verständlich sein, doch Mir erschliesst sich alles Seinslebendige auf ganz natürliche, plausible Weise, so dass Ich Mich in einer Welt des Friedens und des Equilibriums vollends geborgen seh. In dieser Atmosphäre des bewussten Miteinandergehns vollzieht sich alles Leben feierlich und frei heraus in gegenseitigem Verständnis und in liebevoller Achtung und Erfüllung der Gesetze, die da ihren Sinn verbreiten.

Ein Cantus firmus zieht sich hier durch ganze Seinsepochen hin, um die Gemüter der versammelten Gemeinde zu erfreuen und erhöhn.

Wer ist einer von den Unsern, wenn nicht der, der sich das Geistige als Liebeskraft, monumentale Stärke und Gewissenhaftigkeit vor Augen halten kann. Und die Bin Ich als Wirker und Beschützer auch in dir. Genau deswegen wäre es nicht angebracht, dass du dir die geringste Sorge antust ob den täglichen Bedrohungen, in der sich deine Lebenswelt gefangen sieht. Wenn du dich in Gedanken isolierst, bist du verloren; wenn du dich Meines seelenvollen Hierseins gläubig und gewiss erinnerst, schwingst du dich zu Mir empor und bist gerettet und erhaben in der Seinsverklärten herzbewegtem Chor.

5.3

Blanko auf dem Tischchen willst du alles haben, ohne zu bedenken, dass Mein Wille es befördern muss und Meine Tugend, hundertmal gestählter als die deine, dich beschenken muss in grandiosen Zügen. Bist du von der Generosität des Vaters allen Seins und Werdens restlos überzeugt, so muss es dir daran gelegen sein auch für dich selber generös und glaubhaft aufzutreten. Viele deiner Mängel werden überdeckt von dem entgegenkommenden Gebaren, das dir zur Selbstverständlichkeit geworden ist in deinen Reife-Jahren. So liegt es immerzu an dir, das was Ich deinem Willen gütlich offenbare, selbst zum Heil der Welt und ihrer hilfedürftigen Glieder anzuwenden.

Ein makelloses Vorbild und Genie der Nonchalance zu sein, war schon immer Meine beste Tugend und Mein herzlichstes Empfinden denen gegenüber, die Ich in Äonenzeiten Mir erschuf. Nun ist es an ihnen, wie an dir, ein überzeugendes Gefühl der Dankbarkeit sowie des Wohlverhaltens gegenüber Mir, dem Spender alles Guten, zu entfalten. Ohne Mich kannst du nicht sein aus des Herzens Inbrunst und vertraulichem Befehl. Alles was Ich an Mir habe ist dazu geneigt, im Weltenschaffenden und Welterblühenden verbindlich aufzugehn. Was aber ewig, unverbrüchlich bleiben wird, ist Meines Seins Ressource und Profil, erhabenes Geflüster und holdseligmachendes Verteilen. Geh aus dir heraus, um so galant, wie Ich es tu, im Weltenreich und Reichtum zu agieren. Damit ziehst du dir herzinnige Vollendung zu und darfst getrost, bedenkenlos und heiter, seelenselig und aufs Schicklichste erfinderisch in Meinem himmlischen Gezelte wohnen.

5.4

In Meinem Umfeld hat sich niemand über Mangel an Gewissenhaftigkeit und klugen Ratschlag zu beklagen. Was Ich Mir leiste ist ein krisensicheres Kompendium wertvoller Findigkeiten, die für dich und deine Lebenshaltung schlichtweg unentbehrlich sind. Es ist schon immer die brachiale Wucht der Worte und Bestimmungen gewesen, die blankes Unverständnis oder liebevolle Anteilnahme am Geschick der so Betroffenen erzeugte. Glasklar ist, dass alle Äusserungen - Tod, Verderben oder eben Freude, Friedefertigkeit und Kummerlosigkeit erzeugen können.

Wo aber sind die genuinen Überlegungen zu orten, die schlussends zu Menschenworten führen in der Gesprächigkeit der Welt und ihrem Hang dazu, sich lautstark für ihr Recht und ihren Eigenwillen einzusetzen? Du kannst es nimmer wissen, Ich aber sage dir: Der Ursprung deiner innigsten Gedanken liegt bei Mir und Meiner weltumspannend angelegten Offensive, die zu allem führt, was ist und deren Unerbittlichkeit auch du dich demutsvoll zu beugen hast in deinem winkelzügerischen Spintisieren. Mal hier- mal dorthin wirst du rabiat gezogen von der verführerischen Propaganda, die die an sich selbst Gebundenen vollführen. Dabei ist es dir mit auf den Lebensweg gegeben, Meines Inneseins gewahr zu werden und dir die Direktiven zu erlauschen, die zu Glück und Wohlfahrt, Bodenständigkeit und himmlichen Genügen führen. Was du so vernimmst ist Meiner Stimme wohlerwogenes Gelispel, das dir zur wahrhaftigen Erbauung dient und das für dich ein wahrer Segen ist und eine Benedeiung deines Seins in götterlichten Zügen.

5.5

Was tatsächlich ist, kann nur in Mir erforscht und gütlich ausgestanden werden. Du aber sollst Mir Zeuge sein des wunderbaren Musters an Gefälligkeit, Grandezza, Liebenswürdigkeit und Tugend, das Ich gütlich vor Mir ausgebreitet seh. Letztlich bist du Mir mit allen Fasern deines Seins so sehr verbunden, dass Ich den Hauptsatz aller Dinge im Allhier beständig rezitiere: Du bist Mein und Ich Bin dein in allem was da ist und seine Lebenslust verbreitet. Das führt nun auch für dich zu Konsequenzen höchsten Grades, denen du noch kaum gewachsen bist in deinen sehr geschäftigen und selbstgefälligen Ambitionen. Du fassest alles Irdisch so selbstverständlich an, als ob es dir allein gehöre, derweil du keinen Deut von dem verstehst, was Leben ist und was du selber Bist in deinen unerhört komplexen Funktionen. Du stürztest sogleich in das absolute Nichts, wenn Ich dich fallen liesse und somit leitet sich dein Sein zuhinterst und zuvörderst, zuoberst und zuunterst von dem Meinen ab, das Ich voll Grazie und Liebenswürdigkeit in alle Daseinsformen führe.

Mir gegenüber bist du bis aufs Blut verschuldet, weil doch alle deine Ganglien und Gänglein, Regungen und Prägungen aus Meinem Bild und Ratschluss spriessen. Fabelhaftes und Gewichtiges hab Ich Mir ausgedacht, um deinem Dasein Selbstgenügen, Effizienz und Wohlstand zu verschaffen. Nicht umsonst steht unverrückbar und gehörig, wohlbegründet und gereift in Meinem Standardwerk geschrieben: Hebe deine Augen auf zu Mir und Meinen Geistesgütern und erlabe dich an dem was Ich dir Bin in hehrem Seinsvertrauen wie in der Genügsamkeit der Weisen, die vor allem in Bezug auf Lebenstüchtigkeit und Heiterkeit,

Bewusstheit und Gottseligkeit den Vogel abgeschossen haben.

5.6
Deine Lebensstationen sind von Mir erdacht und zu deinem Heile ausgebildet in den Sphären Meiner Gunst und Güte. Du hast sie nur als genial und heilsam, stärkend, schicklich und galant zu akzeptieren, um aus allen noch so heiklen Episoden wunderbar erfolgreich und salut hervorzugehn. Auf Mein Wort: Du kannst unverbrüchlich Meiner Hilfe sicher sein aufgrund des Seins-Vertrauenes das Ich zu dir hege. Das Besondere an Mir ist, dass Ich dich bis in das letzte Winkelchen durchschaue und alle deine Kniffe kenne, mit denen du dich Meiner würdig machen willst, doch ohne dich tatsächlich zu verändern, reinerem und feinerem Gehaben zu. Du bist stets dir selber das Problem, das es zu lösen gilt, derweil du dazu neigst den Schwierigkeiten andrer beizukommen. Hast du bei dir selber aufgeräumt, so siehst du dich auf einmal in der Freiheit und Erhabenheit der Gottessöhne leben. Die Umwelt heftet sich an deine Fehler wie an deine Tugenden mit Wonne an und hemmt dich oder bringt dich weiter nach dem Muster der von dir gesendeten Signale.

„Wache und erbitte Meine Hilfe auf dem steilen Pfad", sei die Parole, die dir ständig in die Ohren klingt, von Meiner grünen Seite ausgegeben. Horchst und gehorchst du Mir, so kann dir nur das Allerbeste noch geschehn und du wandelst wie durch Blumengärten deiner ewigen Genügsamkeit entgegen. Ein reines Herz kann Wunder wirken und eine gottgefällige Gesinnung führt zu allerbesten und beseligendsten Resultaten.

Bin Ich das Heil der Welt, kannst du den Sprung zu Mir hinüber ruhig wagen und dabei jede Scheu vor Misserfolg und Absturz ungesäumt verlieren. Meine Sicht auf was du dir geworden bist, wird auch die Deine werden und du siehst dich auf der Stufe der Verklärten und ins reine Sein Erhobenen voll Wonne an. Du bist dir selbst und deiner Welt zur Grazie der Gottgefälligkeit geworden und versinkst das eine übers andere Mal in Meine hocherhabnen Geistestiefen.

5.7
Kunst und Krempel ist beileibe auch von dir mit wachen Augen tunlichst eins vom anderen zu unterscheiden, ebenso wie Qualität und Quatsch aus Meiner Sicht beständig unterschieden werden. Versetzest du dich in die Lage eines Göttervaters musst du die Evolutionenschritte einer Menschheit überwachen und tunlichst dafür sorgen, dass sie, als Ganzes, niemals in die Irre geht. Du begleitest die Epochen ihres Zu-sich-selber-Kommens muttersorglich überall wo neue Geistesfäden angesponnen und veraltete bedächtig oder volksfanatisch abgerissen werden. Du versiehst die Völkerscharen mit vernünftigen Ideen, welche mählich demokratische Entscheide und vernünftige Entwicklungen bewirken. Es kann nicht alles von den Menschenmassen kommen, weil diese noch zuwenig Einsicht in die Überlegungen der Geisteskräfte höheren Formats gewonnen haben.

Ich rechne es der Vielheit noch so gern als Pluspunkt an, wenn sie grundsätzliches Vertrauen in die Zukunft hegt und diese in die Hände ihrer Gottheit legt mit der Überzeugung, dass das Gute siegen wird und Recht und Ordnung zur Erbauung und Erquickung aller ihren wundersamen Fortgang nehmen werden.

Ich Bin der Gott der Heilkraft in den Geistessphären und würdige was immer mir von edelmütigen Geschöpfen zugetragen und geweiht wird mit dem Willen, sich mit allem, was da ist, aus ganzem Herzen zu versöhnen. Die Liebe zu den Dingen dieser Welt gebiert die Achtung und Bewunderung vor ihnen und lässt es nicht zu, dass sie beschädigt oder herzlos aufgerieben werden. In Meinem Anstand herrschen Wohlanständigkeit und Herzensfrieden, die dem Leben Sinn, Bekömmlichkeit, Ausdauer und Glückseligkeit verleihen.

5.8
Brandneu sind Meine Seinsgeschichten, weil sie das Alte regelrecht zusammenfassen und ihm die Würde makelloser Seinsgegebenheit verleihen. Ich revoltiere dabei gegen abgedroschne Phrasen und formuliere, was zu sagen ist, mit unnachahmlicher Geschmeidigkeit und Rasse ohne dabei seinen Sinngehalt im Mindesten zu sabotieren. Ganz zuvörderst ist es Mir daran gelegen das zu propagieren, was dich in Sachen Seinsgewissheit und Bewusstheit fordert und dich dabei in wunderbare Geisteshöhn erhebt. Du weidest dich an dem Gedanken, dass du Bist und du gebierst dabei das Ewige in dir das weder Zeit noch Räumlichkeit für sich in Anspruch nimmt in seinem schöpferischen Alldurchdringen. Es ist das reine Sein, das du in dir erkannt hast als das Medium unsagbaren In-Sich-Selbst-Beruhns, derweil du weit weit unter dir das rastlos sich Bewegende kreierst zu liebevollem Wohlgeraten.

Es kann nicht anders sein, als dass das Untere sich in zwei Welten wähnt, derweil bei Mir ganz oben nur die Eine existiert, in der sich alle Dinge im Allhier aufs Wohlbekömmlichste vollenden.

Mein Alles-Überschauen zeitigt namenlose Seinsbewunderung, in der Ich Mich begeistert bade.

Meine Fähigkeit, den Eigenwillen bis zum alles überragenden Triumph und Wohlgeraten durchzusetzen, trägt Mir die ultimate Würde und Verehrung ein, die Mir auch gebührt in allen Regionen Meines Seins im Galaxienatem. Was Mich erkennbar macht, ist die unendlich reine Geistigkeit, die Ich im Licht der Welt, das Ich dir Bin, verstrahle. In ihm kannst du dich hochbeglückt von Mir durchrieseln lassen, um damit jeden Schatten in dir auszutilgen und dein Wesen in den Zustand reiner Gottgefälligkeit zu transmutieren. Nichts von dir und von Mir alles soll in deiner Mitte walten und dich zum strahlenden Symbol der Gottheit stilisieren, die Ich in dir Bin zum allerhöchsten Wohlgeraten.

5.9
Was Ich immer leiste, ist mitnichten über einen Leist geschlagen, denn selbst die kleinste Regung Meines Seelenseins ist genial und genuin in einem. Jede Absicht die Ich hege ist ein neu geschaffenes Symbol des freien Über-Mich-Verfügens, dem Ich Achtung und gottselige Beachtung schenke ohne Mich im Mindesten zu zieren. Lass es gut sein wenn Ich, was du niemals tun sollst, Mich in Selbstgefälligkeit von höchstem Rang verliere, denn in Mir ist alles was Ich Bin Vollendung und berückendes Final. Was immer von Mir ausgeht, trägt in sich die Prägung unversehrter und gottseliger Wiederkunft in Meinen Gauen, wo die silberhelle Geistigkeit floriert und sich die Seinsverständigen mit liebevollem Selbstgefühl durchschauen. Es wandeln sich die Mir Verwandten zur Alleinigkeit empor und lieben sich, indem Ich in Mich selber Mich verliebe. Das Allgöttliche gebiert den reinen Wohllaut des Entzückens an sich selbst, derweil es alles was da ist in Liebeszärtlichkeit

umfängt und ihm die höchste Anerkennung zollt in seinen geistgeschwellten Fibern. Bin Ich auch das Zärtliche an sich, so ist es auch die Unerbittlichkeit, mit der Ich frei heraus in Meinem Reich agiere. Alles hat zu sein wie Ich es intendiere, und jeder Hauch von sinniger Bewegtheit ist in Meinem Fall für alle Ewigkeit gerade so und anders nicht beschlossen. Mir fällt nichts ein was nachzubessern wäre, und ausgerechnet Meinem Einfluss ist es zu verdanken, dass sich die gottgesegneten Affären zu einem Minnesein von unwahrscheinlicher Geselligkeit und Grazie erlösen.

Was immer du in Meiner Sinnkraft und Begünstigung vollbringst, ist wohlgetan und bringt dir die Erfüllung und Bestätigung ein, die Ich für dich bestimmt und ausersehen habe. Ich wache über das von Mir Geschaffene in unnachahmlicher Bewusstheit Meiner Selbst und Meiner Gottesgnaden. So kann Ich alles Sein und Sinnen an Mich selber delegieren in der Gewissheit, dass es wohlgerät und allem Ehre macht, was ist und was in Meinem Sinn und Geist geschieht, geläutert und gesiebt, glückselig und schlussends vereint zu ewigem Genügen.

5.10
Nur das Ewige in dir hat wirklichen Bestand nach Meinem Gusto und dezenten Über-dich-Verfügen. Deine Felle sind nicht nur gerettet, indem du sie ans Ufer fischest, sondern weil sie auch in Meiner Obhut stehn. Hundert Wahne führen dich im Kreiseltanz dahin, derweil Mein Blick dich fragend trifft, bis du ihn einmal doch erwiderst in der Stunde der Erlösung von den tückischen Verstiegenheiten. Mein Erbarmen an dir ist unendlich gross, es möchte dich zur guten Tat erwarmen. Meines

Segens Anstand führt die Menschenwelt zu besseren Bedingungen empor und animiert sie dazu, sich voll Ehrfurcht und Entschiedenheit Mir zuzuwenden. Meine Absicht ist es, Ungehöriges geziemend auszumerzen und in Meiner Hemisphäre das Erhabene, Geläuterte und Wesentliche einzurichten. Da wo Ich Mich in Mir selber finde, lässt sich alles wie von selber bestens an. Jeder Schritt den Ich vollbringe fügt sich haargenau an den vorangegangnen an und sichert so den Fortgang Meines Schreitens frohgemut und heiter, tatkräftig und entschieden ins Unendliche hinein.

5.11

Eine Kantilene soll gesungen werden auf die Schönheit Meiner Züge im Allhier, wie auf die Seinserhabenheit und selige Gelassenheit in der Ich Bin und wese. Und eben dazu will Ich dich als Sänger engagieren, der sich, seines Seins bewusst, in Meinen Rängen aufhält zur Erbauung wie zum seelenvollen Selbstgenügen. Pointiert gesagt kann sich ein jeder der da will in einen Geistraum von bewundernswerter Qualität und Überlegenheit begeben, dessen Hüter und Beglaubiger Ich Bin und der in seiner Frische und Authenzität voll Grazie alles überbietet was du je gesehn. Es ist Mein einzigartiges Revier, von dem aus Ich gezielt und unbedingt erfolgreich operiere. Die Massen können dann beileibe nicht verstehn, wie einer so viel feinfibrierendes Genie und Wohlgelingen an den Tag legt, sei es im Bereich der Poesie, der herzergreifenden Musik, oder dem, die Welt im Bilde darzustellen wie es eben aus der Seele quillt in farbenfrohen Zügen.

So geschieht bereits im Ansatz alles was Ich unternehme zu vollendetem Genügen und berührt die offenen Gemüter mit so viel Charme und Fantasie, poetischer Verwegenheit und schlichter Harmonie, dass sich die so Begabten glückselig wie im Paradiese fühlen.

5.12
Meisterkurse sind noch immer rar auf Meiner Ebene der gottesgeistigen Taten. Das ist, weil erst ganz wenige begriffen haben, um was es wirklich geht im Sein und Leben. Die Universitäten predigen den Fortschritt als Erfolg in Sachen des Gewinns und als geschäftige Menschenfreundlichkeit, die beide auf Vermehrung der Zufriedenheit, sowie des pekinären Wohlstands zielen. Das mag Recht und Gut sein, doch ob all den Wissenschaftlichkeiten verliert der Mensch sich in den Niederungen einer Welt von Ehrgeiz, Rücksichtslosigkeit, brillierendem Verstand und rabiatem Selbstbehaupten, die allesamt vom Gottesgeist und seinen Führungsqualitäten keine Ahnung haben. Dabei müsste Mich zu kennen und zu pflegen an der allerersten Stelle stehn. Die Ausfahrt in die weltlichen Bereiche müsste bei den Göttlichen beginnen und in strenger Logik auch in ihnen ihren gloriosen und vor allem wonnevollen Abschluss finden.

Illusorisch ist das vielgerühmte Menschentreiben allsolange wie es Mich nicht zur Beschaulichkeit und Basis allen Tuns erhebt. Es fehlt die wichtigste, allewige Komponente der Gottseligkeit, die sich im reinen Sein erfüllt und in den allerhöchsten Geistessphären. Die Lehre von dem Sein hat in den vollgepfropften Kaderschmieden noch mitnichten ihren Platz gefunden und somit muss das ganze merkantil gefächerte Getriebe schlussendlich in die Irre führen.

Ich muss in jedem Falle dominieren und von den hoch gescheiten Geistern jederzeit für wahr und sinnig, gehaltvoll und stabil gehalten werden. Die Präambel „Gott mit uns" muss sich wie eh und je als oberste Instanz zu allem minderen gesellen und den Ton angeben, der da herrschen soll in dem was sich als A und O des Universums halten will in seinen all so menschlich und vergänglich eingefärbten Zügen. Eine Melodie des Herzens muss die makellose Lehre sein von allem was da ist und was allein in Mir vollendet wird in sanften, runden, Meisterzügen. Dem Seinsbeglückenden sollst du dich immerzu verpflichtet fühlen und damit in Mir den lang ersehnten Frieden und die Harmonie des Herzens mit dem vorwärts stürmenden Verstande fühlen.

5.13
Meiner Majestät verpflichtet sollst du als ein König und Vertrauter des Allherrlichen durchs Leben gehn. Alle deine Züge seien so beschaffen, dass sie dir wie Mir zur Ehre und zum Heil gereichen und dem Makellosen und Verbindlichen im ewigen Jetzt den absoluten Vorzug geben. Ich spanne dich dem Weltenraumen aus und beflügle deine Geisteskräfte, dass sie sich in Meinem Reiche ungeniert und effizient bewegen können. Über allen Wipfeln herrscht die Ruh, geruhe Ich zu sagen, wenn das Ganze deines Menschentums zur Sprache kommt im götterlichten Überlegen. Mein Sein, wie deins, ist vom Unendlichen geprägt, das über allem Scheinen seine Wirklichkeit aufs Trefflichste behauptet und sich in den Geisteskräften eigener Provenienz voll Anmut und Gediegenheit ergeht.

Mit dem was unecht ist geh Ich wie mit Unkraut bittersüss und scharf zu Rate, um es standrechtlich auszurotten in den Lebensfeldern Meiner Prälatur.

Allezeit muss Meine Ernte in bewundernswerter Reinheit glänzen, um dem Standard zu entsprechen, den Ich für Mein seelenvolles Volk in rührender Voraussicht vorgesehen habe. Wo immer Ich am Werke Bin, herrscht hehre Zuversicht des Wohlgelingens und die reine Freude ob dem Vielen, das bereits vollbracht ist in den Weiten Meiner Geistigkeit, Gutmütigkeit und liebevollen Poesie.

Ich allein bestimme ganz zu oberst was zu tun und lassen ist im gloriosen Universenfluten. Was dann durch Äonenläufe zu dir sickert, ist nur ein rustikaler Abglanz dessen, was Mich in der Tat beschäftigt und im Innersten berührt. Ich entsende Meiner Kräfte Weltenstrahlen und ihr mögt sie Engel oder Cherubine oder Throne nennen, Ich teile ihnen ihren Auftrag zu und wache über dem, was sie zu leisten haben, mit dem immensen geistgebornen Vaterauge, das die Menschen in den Mosaikgewölben ehrfurchtsvoll verewigt haben.

Die Resonanz in Meinem Eigensein und Sinnen auf Mich selber ist unendlich gross. Der Heimfall Meines Mich-Verstrahlens macht Mich reich und immer weiser, gütiger und seelenvoller als Ich es schon vordem war. Meine Schau auf was Ich Bin bereitet Mir Entzücken, Heiterkeit und gnadenvolle Allegrie in der nie verebbenden Bewusstheit Meiner selbst in der Unendlichkeit der Gottessphären. Das mag auch dir die Sicherheit des Himmels und die Gläubigkeit der Söhne Gottes offenbart und zugehalten haben.

Merk dir was du ahnst und ahne was zu merken ist von dem, was Ich der Welt verkünde durch den Goldmund und die Weisheit der Propheten.

5.14

Das Komplexe wird vor Meinen Augen sachte aufgedröselt und erweist sich dann als einfach, genial und gottgesegnet auf der Fahrt in Meine Gründe und Begründungen der Geisteswelt in reinen, vollen Zügen. Da gilt es auch für dich, die vielen Angebinde deiner Lust-Probleme eines nach dem andern vor dich hin zu stellen und geflissentlich zu lösen. Gehst du Mich dabei um Hilfe an, kann dir nichts Läppisches passieren. Entscheidend ist noch immer deine Haltung Mir und Meinen Fähigkeiten gegenüber das Verborgene ins rechte Licht zu rücken um es dann nach Gottesweisheit und Gelassenheit, Weitsicht und Gekonntheit zu kurieren.

Unter Meiner Obhut lässt sich Vieles schlüssiger und flüssiger zum guten Ende führen. Du brauchst nur ungebrochnes Seinsvertrauen zu entfalten und schon spürst du, wie die Dinge deines Lebens sich zu deinen Gunsten stilisieren und dem Fortgang deines Schicksals neue Wendungen zugutehalten.

Ich lehre Klugheit, Freundlichkeit und Gottesfurcht an Meinem Throne, wo alles noch mit rechten Dingen zugeht und sich Meine Pappenheimer froh und sicher fühlen können. Ich übereile nichts und lasse manchen Schwerenöter erst einmal im eigenen Safte schmoren, bis er einsieht, dass es so nicht geht und dass die Redlichkeit des Herzens neue Tore öffnet zum Erfolg in Meinem Sinn und Geist und auf Mich eingeschworen.

Am Brunnen der Gerechtigkeit des Herrn sollst du dich stärken für den Gang in Meine Höhn und nach den Zeichen Ausschau halten, die dich nach Meiner Eigenart zu führen wissen. Es gibt für dich und alle eine Ordnung erster Klasse, die die Meine ist und die besagt, dass alle deine Angelegenheiten sich schlussends zu deinem Besten und zum Gottgefälligsten vollziehn. Dabei Bin Ich der Merkpunkt aller Gnaden, die dein empfängliches Gemüt durchziehn und deiner Reise ins Unendliche das Sternenglück verleihen, welches dir und deinem Hof seit Ewigkeit gebührt. Mein Name sei dir heilig und Mein Wort ein Kunstwerk der Glückseligkeit des Himmels über dir. Der Eintritt in Mein Reich der geistigen Manierlichkeit und Fabelhaftigkeit wird den Seinsgerechten anstandslos, voll Liebe, Zartheit und verbindlicher Bravour gewährt und mit dem Siegel der Gottseligkeit umwunden.

5.15
Jede Rarität sei dir ein Zeichen für die völlige Genügsamkeit und Himmelsharmonie, mit denen Ich seit eh und je voll Eifer operiere. Es kann nicht sein, dass in Meinem Reiche jeder hergelaufne Magistrat von eignen Gnaden rundherum befiehlt, was zu beginnen und zu enden sei im Stechschritt turbulenter Tage. Mir allein gebührt es, über Meine Seinsprovinzen zu verfügen und ihrem Ansehn götterlichten Glanz und Friedefertigkeit des ewig Guten zu verleihen.

Ich trete plötzlich auf die Lebensszene, sei es bei vollem Tageslichte oder in dem nächtigen, geheimnisvollem Dämmer und verlange Rechenschaft von deinem Seinsgewissen über dein verräterisches Tun. Du zögerst mit der Antwort, weil dir inne wird wie sehr du wieder Meines Standards dich entfremdet hast in selbstischer Manier. Du schmorst im eigenen Saft, bis Ich dir Absolution erteilt und künftige Makellosigkeit von dir verlangt und zugesagt erhalten habe.

Du fürchtest dich vor deiner eignen Blösse all so lange wie Ich diese nicht mit Meiner Allbarmherzigkeit bedecke und deinem Ansehn vor des Himmels Offenheit dezente Würde und Verträglichkeit verliehen habe. Das macht dich wieder heiter im Gemüt, gottergeben und mit Mir vertraut in gläubigen Gebete. Nur wer Mich in sich erkennt, kann ruhigen Gewissens atmen in befreiter und beglückender Manier, wer mit Mir vorwärts schreitet geht zweifellos und seelenselig dem Unendlichen entgegen.

5.16
In deiner Dankbarkeit erweisest du dich als ein wahrer Kenner alles ewig Guten, das dich unablässig überwallt mit seinen exquisiten Gaben. Du lächelst Mir ob dem, was du Mir schuldest, einen seelenvollen Gruss entgegen, dem Ich gerne Achtung zolle und vertiefte Kenntnis deiner Sensibilität. Wie einfach ist es doch im Grund genommen für dich zu erkennen, dass die vielen Werte, die dir zur Verfügung stehn, von einem Meister schöpferischer Qualitäten und Verdienste kommen müssen. Ebenso des Schicksals wohlerwogene Partie, die höchst präzise auf dich zugeschnitten für den Fortschritt sorgt, den du schrittweis zu vollziehen hast in deinem Dich-Begründen.
Du ahnst, dass ein geniales und bewundernswertes Ich gehörig hinter allem steht was dich ins Ewige zu treiben scheint mit seinen Äusserungen und Gepflogenheiten. Je inniger du Meiner Göttlichkeit Gefieder und Nuance in und an dir waltend spürst, umso traulicher und wirklicher kann Ich mit dir verkehren. Das geht so weit, dass Ich Mich als dein Wesen und du dich als das Meine zweifellos erfühlst und dass damit eine Welt- und Lebensschau begründet wird von unerhört gefälligen und liebevollen Konsequenzen.
Ich Bin in dir und du in Mir in geisterfüllter Schöne und Gediegenheit, die nichts zu wünschen übrig lassen, weit und breit und auf und ab und hin und wider. Das macht dich seinsglückselig und in Mich

verschossen und gewährt dir eine Seelensicherheit von wunderbarer Konsequenz und Virtuosität, Erhabenheit und Harmonie. Du bist mit allem was da ist im weltenstrotzenden Allhier wie mit der Geistwelt allertiefst und allerliebst verbunden, und wenn du das erkannt und intus hast, bist du ein Seinsverklärter und Vollendeter der Allnatur, zu der du dich voll Wonne, Heiterkeit, Bewusstheit und Glückseligkeit erhoben.

5.17
Zuerst das Licht und dann das Mich-Verstrahlen in den Grundgehalt der Welten die da sind und die Ich Bin mit aller Wucht und Wohlfahrt, Überlegenheit und Grazie die ihnen seit Urzeiten innewohnen. Urwelt will Ich heissen, was in Meinem Geistgeäder einst als fürstliche Geburt erstand. Was währt ist eine Folge von Gedanken die Ich so weit verdichtete, dass in der absoluten Leere Materielles raumbildend auferstand. Der Urknall fand nicht statt, derweil es eben nichts zum Knallen gab. Ich war und bildete aus vollbewusstem Überlegen, was Schritt um Evolutionen-Schritt zu bilden war. Materie kann demnach als erstarrter Geist bezeichnet werden und das Leben als die genuine Geistesschwingung, die Ich Bin und die du aus Mir Bist seit Urgedenken. Das Göttliche zuerst, dann als Idee das Menschliche und dann als Basis für sein Existieren kosmisch Materielles aus der Unermesslichkeit der Geistessphären.

Was Ich Mir Bin ist aus sich selbst begründet, zeitlos, raumlos als Prinzip des Weltenschaffens, selber Nichts und Alles in der unveräusserlichen Frische des Bewusstseins und der Fähigkeit als Urwirkliches Gedankenkräfte zu entfalten, deren Folge Welten sind und waren.

Ich Bin das Eine - und das Viele ist der Pool, in dem Ich Mich als Ich erfahre. Das in Meinem Ich Erfahrene strahlt zum Ich Bin zurück und bereichert es in seinem Sein und seiner seinsnatürlichen Gebärde der Allherrlichkeit, in der Ich ewig heiter und glückseligen Gewissens wese.

5.18
Ein Kreis ist kein Quadrat, doch das Quadratische kann aus ihm werden, wenn Ich seinem Flusse Halt gebiete, Gradlinigkeit und schroffe Wendigkeit in wunderbar gediegener und seinsgebietender Manier. So geht aus dem Einen stets das Andere hervor, in dem Ich aus bewährten Formen neue, viel bewunderte kreiere.

Alles was da ist, ist aus dem Fundus Meiner Fantasie, Schlagfertigkeit und Überzeugungskraft hervorgegangen deren Weisheitspol und Wehrkraft, Glückspartie und Gläubiger Ich Bin in fabelhaften Meisterzügen.

Siehst du dir die Vielfalt Meiner Dispositionen innig an, so kann Ich dir dabei verraten, dass sie allesamt dem Heimfall in Mein innerstes Gemach geweiht sind in den sakrosankten Geistessphären. Das Eine zieht das Viele magisch an und schlägt es in den Bann der Liebenswürdigkeit, die ihm seit eh und zu eigen. Es ist das abergrandiose Ruhn im reinen Sein, das Ich zu bieten habe, wenn du dich dazu aufmachst, es in Billigkeit und Würde, Edelmut und Würdigung der Geistigen Gesetze anzustreben.

Da ist es dann als Feier der Vollendung zu benennen, was du erreicht hast von dem was Ich dir seit Äonen reiche, um dein Glück und deine Wahrheit zu besiegeln in den Weiten himmlischer Gesänge, und zutiefst geliebter göttlicher Manifestationen.

5.19

Du kannst dich, wenn du möchtest, Kamerad, ins Bewusstsein der Gottseligkeit, der Seinsbewusstheit und der Himmelsglorie versetzen, deren wesenhafter Teil und Auditor du bist in der Gewissheit deiner Züge. Du bist erhaben über deine Schmächtigkeit in dem der ist und schaukelst dich hinein in unerhört gefällige und sinngeladne Weiten. Du berührst den Horizont wo das Urewige beginnt und driftest in das Reich der Herrlichkeit, vom Gottesgeist beseelt und seinen virulenten Gnaden. Gibt es einen Kommentar dazu, so ist es dieser: Ich Bin die Währschaft von Jahrtausenden in nie verebbenden bezaubernd jugendfrischen Zügen. Mein Wohlstand ist die Kraft der unerschöpflich sich verströmenden allweiten Energie in weisheitsvoll dosierten Graden. Wer sich darob zu Lob bestimmt und dementsprechend auch benimmt, sollst du dir sein in deiner blankgefegten Kleine. Die soll sich retten ganz in Mich hinein und unter heiss geliebten Freudentränen.

Jeder kann das schaffen, wenn er seine besten Seelenkräfte auslebt und in ihnen reüssiert bis hoch hinauf ins Schweigen der Unendlichkeit von Meinem Sein und namenlosen Alles-Überragen.

5.20

Was dir wirklich wohl bekommt, sind Meine pausbäckigen Gaben aus des Himmels Prosperität und Sternenheer. Genauso wie ein gut gesinnter Vater seinem Sohn das Allerbeste aus dem Fundus seiner Güter überlässt, so halte Ich dir Meiner Lebenskräfte Bund geschickt entgegen, dass sie dich gesund und willensstark erhalten nach dem Motto Meines Monopols, das heisst: Ich Bin, und alles was Ich mit des Lebens Zauberstab touchiere, ist von Meinem Schlag und Namen wie von den

Äusserungen die Ich pausenlos an alle Welt vergebe. So muss und wird es sein für alle die Mir kräftig dienen und auch unverbrüchlich zu Mir stehn. Nach ihrem Wert betastet werte Ich sie auf und schenke ihrem Dasein Seinsgerechtigkeit und Frieden, strahlende Bewusstheit und den Drang, voll Kraft, Geschicktheit, Fantasie und Himmelsgrazie ins rein Sein zu steigen.

5.21

Du sollst im Teich der Liebe fischen gehn und Mir die schönsten Exemplare weihen, um Mich gnädig und gerecht zu stimmen allem gegenüber was du unternimmst in deiner Art und Weise mit dem Leben umzugehn. Schockiert Bin Ich darüber wieviel Uneinsichtigkeit, Lieblosigkeit und Härte in den Menschenwesen lebt, die doch allesamt verpflichtet wären, Meine Sache aufs Entschiedenste und Liebevollste zu vertreten.

Wer Mich nicht meint, meint sich und stürzt sich damit in den tiefsten Abgrund menschlichen Versagens. Die in sich Isolierten haben haben keinen Anteil an dem Strom der Güte, der von Mir zu allen so fragilen Wesen fliessen will im Lauf der virulenten Weltenzeiten. Sowie du Mich im Du erkannt hast, wirst du alles daran setzen, Mir in ihm die höchste Ehre zu erweisen, denn das wirkt sich aus zu deinem eignen Heil in der allgöttlichen Regie. Ich führe, wo du noch so sehr zu führen scheinst im Alltag der Vergänglichkeiten. Ich überlebe, wo dein Wille längst gestorben ist in der Banalität des Offenbaren. Was du sichtest, ist von Meiner Sicht komplett verschieden, denn Ich erfasse Geist vom Geistigen, derweil dein Sinn am Äusserlichen haftet im verführerischen Missgeraten.

Wo du irrst, da habe Ich schon längst durchschaut, wie die Lebensdinge wirklich liegen. Wo du um dein Eignes zitterst, habe Ich es längstens aufgegeben, um des Allgemeinen Willen, das da ist und das Ich Bin in grandios geheimnisvollen Zügen. Merke dir den Satz: ES ist in mir, und handle nach dem Motto: Meine Kraft ist Seiner untertan, dann wirst du, was dir frommt, erfahren und die Inbrunst spüren, die Mich deinetwegen arg bedrängt. Hebe deine Augen auf zum Wunderbaren und erhebe dich damit zu ihm und seiner Herrlichkeit im Wertgewinn, in der entschiedenen Natürlichkeit, wie im vollendet dargelebten Seinsgenügen.

5.22

Es öffnen sich die Schleusen und die Himmelsgnaden überfluten dich, sowie du ihrer würdig bist in der Geschichte deines Reifens und Mir-Nahns. Urplötzlich siehst du dein Bewusstsein als in unermessne Weiten ausgebreitet im Erhabenen. Touchierend ist dabei, dass dich ein wundervolles Glücksgefühl durchströmt ob dem Erleben reinen Seins in der Unendlichkeit der Geistessphären. Im „Ich Bin" erweist sich das als wirklich was vordem noch unzugänglich und unglaublich wahr. Das Weltliche hingegen wird in seiner brüchigen Vergänglichkeit zu einem seelenlosen Schemen, das für sich allein gesehn unwirklich ist und gottlos und dem Schall und Rauch des Zeitlichen dahingegeben.

Somit darfst du zu dir und deinem eigentlichen Wesen völlig unbekümmert sagen: Ich Bin das Sein, von ewigem Bestand und von unendlicher Bewusstheit und Verbindlichkeit mit allem was da ist geschlagen. Mein Wissen um die Dinge der Allherrlichkeit ist Legion und Meinem Mich Begründen wohnt der Zauber inne absoluter

Genialität, die fähig ist, Lebendiges in höchster Qualität, Empfindsamkeit und Liebenswürdigkeit zu schaffen, gegen das das menschliche Vermögen abfällt in unzähligen Graden. Von Meiner Warte aus gesehn ist die Bebilderung und Schilderung des Geistigen von überragendem Bedeuten. Es führt zur Einsicht in das Wahre, Seelenvolle, Redliche und Freie, das sich die Menschen generationenlang erträumen. Hier ist es seit eh und je gelungen und getan und wird erreicht durch Seinsvertrauen, Liebe und Bewunderung des Allerhöchsten das Ich Bin in dir und deinen seinssensiblen Artgenossen.

5.23
Dem guten Hirten folge du, zum Schaf geworden des Vertrauens in sein Wort und in die wunderbare Führung, Fügung und Beglückung, die er dir damit verleiht. So viel Zartheit und Beständigkeit, Wissenschaft und Weisheit kannst du von niemand sonst erwarten als von Mir, an dessen Lippen ganze Völker hangen. Da kannst du dich im Nu von Meinesgleichen und Mir selbst umringt betrachten mit der Absicht, dir den allerletzten Seelenschliff und -pfiff voll Inbrunst beizubringen. Deine Lebensgründe sind noch all zu dürftig, um mit den Meinen Schritt zu halten auf dem Gang in Meine Fernen. Mein Lieber, Meine Liebe sieh nun zu, wie du vorankommst mit den vielgestaltigen Instruktionen, die Ich dir vifen Geists und guten Herzens zugehalten habe.

Mir schwant Schlimmes, wenn du dich aus Meiner Obhut und alliebenden Gebärde wegschleichst, um dein Mütchen bis zur Stelle schroffen Abgrunds leichtfertig und verzaubert abzukühlen. So Manchen konnte Ich im allerletzten, tückischen

Momentchen vor dem Fall ins Bodenlose und Erbärmliche bewahren. Nimm es mir nicht übel, wenn Ich dir gezielt auf alle Finger schaue und diesen oder jenen arg beklopfe damit es dir bewusst wird welchen Mist du wieder angebaut und hochgepäppelt hast in deinem höchst naiven Brötchenzählen. Nur allzuviele deiner Wege führen nicht nach Rom, sondern in ein ödes Sumpfgelände, wo dir das erbärmlichste Versinken droht. Nur Ich kann dich mit Meinem Stab vor dem Fiasko deiner selbst erretten und dich auf den Vorsprung der Gefälligkeit am Sein und Leben ziehn. Es wird dir ständig mehr zum Wohl und zur Erheiterung gereichen, wenn du mit Meiner meisterlichen Absicht gleichziehst in der Dingwelt, die Ich dir zum Heil errichtet habe. Aus deinem Gutsein spriesst Erbarmen Meinerseits, das dich erhebt und hütet, pflegt und tüchtig macht im Sinn des Ganzen, das Ich in gottseligen Händen halte und an dem du deine Freude finden sollst und deinen Herzensfrieden, auf dem Gang in deine wie in Meine Tiefen, zwanglos, seelenselig, lichtbegnadet, resolut und wunderbar.

Ich will dich näher an das Wesen universenweiter Einheit bringen

6.1

Trachte nicht allein nach dem was droben ist, sondern halte dich an alledem was dich von Mir umgibt und dich zur Sanftmut führen will in Meinen hochwillkommenen und freudenreichen Liebesgärten. Du sollst schon im bewussten Hiersein einen Vorgeschmack bekommen von des Himmels Güte und Gerechtigkeit, Wahlfreiheit und Synergie in Sachen Lebenskunst und seelenvoller Harmonie. Es strömt dir alles zu, was deinen Herzensfrieden mehrt und deiner Sicherheit im Handeln jenen Touch verleiht, den nur die Seinsverklärten an sich tragen.

ES will und will dich näher an das Wesen universenweiter Einheit bringen, wie an seine Fähigkeit, dass das Eine gut zu machen, effizient und kinderleicht in Bezug auf Führung, Annekierung von besonderen Werten und unendlich feingefühlter Harmonie.

6.2

Reinige die Zähne, halte die Gedanken rein, damit dir nichts entschlüpfe, was Unmut oder Unverstand kreiert im Umkreis deines Wohlbehagens. Ohne Makel durch die Zeit zu gehen ist den Weisen vorbehalten, die sich vollends dem, was licht und leicht und luftig ist, verschrieben haben. Das aber ist Mein Sein, in welchem jede rettende Nuance aus sich selber strahlt und mit absoluter Unbescholtenheit bezahlt, was sie dem Leben schuldet und voll Grazie gewährt.

Ich trete auf als das unendlich Transparente, dem alles klar ist was geschieht und dessen spiegelblanke Iterationen von der Lust nach Qualität, Gradlinigkeit und Überlegenheit geprägt sind, die man auch von ihrem Sinngehalt erwartet, licht und morgenschön.

Blitzblank seh Ich noch jede reflektierende Karaffe ihren Wasserdienst versehn, der sprudelnde Wahrhaftigkeit und Zungenfertigkeit gebiert. Ich sehe Glanz aus jedem Auge strahlen, das die Lebensdinge liebevoll und mütterlich besieht, um ihrem Dasein Würde, Wert und Bonität nach Noten zu verleihen. Komm zur Einsicht, dass das Sein als Allgemeingut von immenser Reine, Schöpferkraft und fliessender Natürlichkeit betrachtet werden kann. Es äussert sich indem es sich an dich veräussert und macht dein Wohlbefinden aus, noch ohne dass du nur im Mindesten gewahr wirst, was da alles abläuft in den götterlichten Geistessphären.
Nicht Ich bin schuldig an der offensichtlichen Verschlagenheit so vieler menschlicher Protagonisten ihres Könnens und Bestehns, sondern ihre Sucht nach Selbstwert, Anerkennung dessen was sie sind und Lohn für etwas, das sie nie geleistet haben. Ich schätze nur diejenigen, die sich das Unschätzbare ins Gemüt und auf die Stirn geschrieben haben, denn in ihnen offenbart sich was sie sind und was Ich Bin in ihrem Métier von hunderttausend Himmelsgnaden.
Wer sich ins Makellose stilisiert hat trete vor und empfange aus den Händen Meines guten Nachgeschmacks den Orden der Gerechtigkeit am Lebenssinn und seinen ungezählten Variationen. Ich schliff an dir und liess nicht locker, bis du brillanten funkeltest und jede deiner Seinsfacetten ein getreues Abbild Meiner Tugend, Zuverlässigkeit und ewigen Jugend war.
So ist das im Unergründlichem was Ich zu vertreten habe und das auch du vertrittst noch ohne es zu wissen, doch recht bald in gottesmeisterlicher Grossmanier und mit dem Siegel der Gerechten ausgezeichnet und geschmückt für ewig und glückselig, fein und lupenrein im Wunderbaren.

6.3

Lass es gut sein, wenn Ich dich zu den bestandenen Vertretern Meiner Zunft und Kunst zu sein und Sinnen zähle. Du hast es doch verstanden, deines Lebens tonangebende Prinzipien den Meinen so vollendet anzugleichen, dass sie zu den Besten zählen, die man sich zum Ideal erwählen kann im virulenten Weltental.

Das Kommen und Vergehn der Myriaden Charaktere kann nur unter der Bedingung sinnvoll, adelig, erhaben und bewundernswürdig sein, dass ihm gestalterische Qualitäten und moralische Bedachtsamkeiten innewohnen. Das kann so weit gedeihen, dass du förmlich von dir sagen kannst: Ich Bin, um der zu sein, der ist in seinen seinssubtilsten Graduationen und Manierlichkeiten. Dazu kommt, dass eben die Erkenntnis Fuss gefasst und Frucht getragen hat vom Sein an sich, das allem Lebensfrohen innewohnt in klar begründeten und genial bedachten Meisterzügen.

Ich schütte aus, und was von Meiner Gunst und Geometrie der guten Hoffnung Wurzel fasst in den von Mir bedachten Wesen, kommt gezielt voran in seinem selbstbewussten Höhwärtsstreben. Allein ist nichts zu schaffen, doch mit Mir als Angelpunkt und Visitator deiner Situation von A bis Z und im Bewusstsein universenweiten, beispielhaften Lebens alles.

Das Sigill der Tüchtigkeit ist dir mit geistgeprägten Lettern unauslöschlich auf die reine, blanke Stirn geschrieben. Dort verstrahlt es sich als Sinngedicht und tricolorisches Gespann von Meinen Gnaden und profunden Seinsbegünstigungen Meiner Art den Dingen punktgenau Profil und Würze zu verleihen.

Gestehst du Mir die ganze Inbrunst zu mit der du aktiv bist und unerbittlich, lebenstüchtig und galant in deinem fürstlichem Agieren steht deiner Promovierung als Gelehrter und Magister in der Lebenskunst nichts mehr im Wege. Mit grossen, golddurchwirkten Lettern wird dir das Diplom „summa cum laude" mit Vorbedacht und Wohlerwogenheit verliehen, dessen Wucht und Wirkung dich aufs Innigste erfreuen und zu neuen Heldentaten motivieren sollen.

Es gibt sie noch, die Welt des Anstands und der makellosen Grösse derer die da sind und die sich Gottessöhne und Behüter himmelhoher Sitten und Gebräuche nennen dürfen. Sie fühlen sich mit Mir vereint zum gütestrahlenden Symbol und Mahnmal in der irdischen Phobie, sowie als richtungweisendes Prospekt für künftige und mustergültig aufgemachte Generationen.

Mein Reich besteht vor allem aus der Geistgediegenheit, mit der Ich frei heraus und rund herum im Universenraum das Zepter führe. Einen gnadenvolleren Direktor des vernünftigen Gebarens kann es nimmer geben und so brauchst du nur dich unter Meinen Stab und Strich gehorsam zu drappieren und schon ist dir das Wohlgelingen aller deiner Pläne zugesichert und aufs Köstlichste vergeben. Les jeux sont faites und du kannst dabei sicher sein, dass dir die Kugel alles Glück der Welten zuspricht worein du dich vertrauensvoll begeben. Mein ist dein und Meine Ordnungen sind dir zum Freund gegeben für dein Heil und die Gottseligkeit die Ich dir liebevoll und zärtlich, majestätisch und entschieden seinsdynamisch ausbedungen.

6.4
Was immer zählen mag in deines Lebens spielerischem Brauchtum und Gehaben kommt von Mir der Ich mit sagenhaftem schöpferischem Flair

dein Wesens Wunderwerk gestaltet und geschaffen habe. Im Konkreten von dem Irdischen genommen ist dein leibliches Behältnis und Juhee, derweil dein Wohlverstand und dein Empfindens graziöse Wehrmacht aus den Rängen Meiner Geisteskräfte in dich strömen.

Du Bist, weil Ich dich aus dem reinen Sein hinausgehoben habe und bist von Mir dazu berufen, Himmelslauterkeit und Seinserkenntnis zu erlangen und zu pflegen in Meines Königreichs begeisterndem Verhältnis und unendlicher Gewähr. Das spendet deiner Seele Seinsgewissheit, wonnevolle Heiterkeit und zeitenlosen Frieden, die dich Meinem Sein aufs Zärtlichste vermählen und in ihm ihr Ideal, ihr Gleichnis der Gottseligkeit und ihr beglückendes Elysium finden.

6.5

Da möchte jeder von sich sagen, dass er ist, doch sind nur wenige dazu berufen, dem wahren Sinn der rätselhaften Worte auf die Spur zu kommen. Das kommt daher, weil die Erkenntnis deines Seins das Grösste ist, was dir geschehen kann im ganzen Weltzusammenhange. Ich beglaubige hiermit, dass es mit Mir geschah und dass Ich nun ein absolutes Selbstgefühl und eine Wissenschaft des Daseins intus habe, die verhält und deren göttliche Entschiedenheit sich im Unendlichen entfaltet unerhört.

Nicht zu zählen sind die Freuden die daraus erwachsen, dass Ich ohne jeden Zeitbegriff und ohne Raumbegrenzung einfach Bin und seliglich erlebe was Ich an Mir habe. Dazu gehört, dass Ich mit allem eins und einig bin was ist und dazu ganz zuvörderst die Idee des Lichten, Leichten, Heiteren und Liebenswerten in Mir um und um bewege.

Soweit kann es kommen, dass Mein Sein und Wesen im Allhier in ewiger Gelassenheit sein

Selbstbewusstseins Sonnenkraft bis ins Unendliche verstrahlt. Genau so gut wirst du im Schoss der Gottheit ruhen, die Ich Bin und deren Wohlbedachtheit, Seelenwärme, Heiligkeit und Güte allweit ausgebreitet sind im Geiste hocherhaben.

Das Wahrhaftige erklärt sich in sich selbst und braucht nicht über die Begriffe seines Daseins ellenlang ins Philosophische zu gleiten. Da ist alles klar ins Gnadenlicht erhoben, von dem Vertrauen, ewige Göttergunst und Liebe in die Universenweiten strömen. Alles was Ich Bin ist im Unendlichen erschlossen und was Ich dort erlebe atmet Seinsgerechtigkeit, Manierlichkeit des Herzens, Wunderkraft des Seins und namenlosen Frieden.

6.6

Hey, Schöpferwürde und Beständigkeit begleiten dich ein Lebelang von Mir und lassen dich beglückt das Sein empfinden. Du weisst es nicht und spulst dein hehres Schicksal ab nach gängigen Prinzipien und so, wie du dir's eingebrockt aus früheren Lebensgängeleien und Versuchen, dich nach Strich und Faden tüchtig durchzuschlagen. Nun stehst du eben da, wo du dich selber hingetragen und hältst Ausschau nach Beförderung, nach Rettung, Glück und guten Tagen, wie es dir eben einfällt, heisse Lebenswünsche auszustossen.

Da greif Ich dir ans Herz und flüstere dir zu, wenn du Vertrauen hegst zu einem Höheren im Geistraum über dir, das dich von A bis Z erschaffen hat und dich an sanfter, loser Leine schliesslich doch zum guten Ende führen will nach seiner Absicht und nach deinem freien Willen, kann dir nichts wahrhaft Schädliches geschehn. Nur du bist fähig, deinem Seelensein zu schaden, wenn du

Meinen Pfad verlässest und dich den Verlockungen der raffinierten Geister hingibst, die sich selbst zum Mass der Dinge dieser Welt erhoben haben.

Du weisst, es ist für dich sehr anspruchsvoll in Redlichkeit auf Du und Du mit Mir durchs Dasein zu kutschieren. Doch wenn du's tust, steht dir in strömender Wahrhaftigkeit der Himmel offen des Erfolgs in geistigen Belangen, der dich glücklich macht und friedevoll in deines Herzbluts liebevollem Strömen.

Du erfährst, was Ich dir Bin und lebelang bedeute und gewinnst die Achtung der Verklärten vor allem was da ist wie vor dir selbst der Ich dich Bin in der allhöchsten Kompetenz und dem bewundernswertesten und liebevollsten Mich-an-dich-Verstrahlen.

So fängt es an, so hört es auf und bleibt doch ewig in derselben Art bestehn. Ich bin das Sein und sende Mich hinab in alle Weltentale um Meine Kräfte im Erspriessen zu geniessen und um mählich mehr zu sein als Ich je vordem war. Und akkurat in dir hat Dieses zu geschehn, der du die höchste Blüte bist von dem, was Ich Mir je erdacht und ausgesponnen habe.

Ich atme aus und ziehe wieder in Mich ein in grandiosen, wild bewegten oder zärtlich sanften Zügen. Du bist Mir immer lieb und gut dabei, wie sollt Ich's anders wollen, und so liegt es an dir, Mich ebenso zu lieben, damit das Rätsel deiner Abkunft sich in Mir erfülle und die Herzensglocken vollen Schwungs Vollendung läuten im glückseligen und ewig heiteren Allhier.

6.7

Ich mache Mir kein Hehl daraus, dir ohne Unterlass zu sagen, was Ich Bin und was du bist in deinen überschwänglich dargelebten Tagen. Du magst das

Wort „Ich Bin" begreifen oder nicht, es ist und bleibt der Angelpunkt und Background aller deiner Taten. Die Menschengeister diskutieren, recherchieren, konstatieren, diffamieren und verehren Mich nach Herzenslust und wenn du einem auf den Kopf behauptest, dass er Mich, das Sein, ist, fällt er wie aus allen Wolken und will's nimmer glauben oder wissen oder weitertragen auf der Rosenspur, die du entzückend und begeisternd vor ihn hingelegt

Fassen kann das nur der rare, wahre Exponent derjenigen die sich selbst erkannt und damit das „Ich Bin" in sich gehörig aufgeschlüsselt haben.

Der menschliche so biedere Verstand ist niemals fähig zu erfassen, was er ist. Doch schenke Ich den ernsthaft suchenden Gemütern die erstrahlende Erkenntnis, dass sie sind des Seiens meisterlich geformter Flügel und des Weltengottes Laborieren, Sinn und Spiel. Ich bedaure jene, die verschmähen, sich als Abdruck dessen zu gewahren, der vorüberging im Weltenschaffen und der in seiner Weisheit und Gelassenheit sich nur den wenigen Geistern offenbart, die ihre Nichtigkeit und damit das Erhabene, das sie bewohnt, erkannt und als das Nonplusultra ihres Daseins in sich eingemittet haben.

Es gibt mehr als genug Versucher und Verführer, die sich selbst zu feiern wissen in dem Irrtum über sich, in dem sie sich befinden. Willst du einer von den ihren sein, so geh und schlage dich zu ihrer Sorte. Unruh, Unlust, Frust und Erdenschwere werden dich beschleichen. Doch in Meinem Lichte leuchtet eine Welt von Güte, Menschenliebe, Seinsbewusstsein und Glückseligkeit, von der die Völkerscharen durch Jahrtausende voll Sehnsucht träumen.

Ich aber sage dir, hier in der Nacht der Weihe ans Unendliche ist es getan. Es durchlichtet sich dein

Geist, indem er weiss, Ich Bin und sich damit mit dem aufs Innigste vermählt der ist das Sein und ist das allertiefst gesuchte Licht der Welt, dein Ursprung und die strahlende Erfüllung deines Wohlgeratens.

6.8
Was Leid ist muss Ich dir nicht sagen. Hingegen will Ich dich von Stund an leise mit der Freude Flügel streifen, wenn du Mir vertraust und deine Absicht Meiner angleichst wunderbar. Worauf Ich stets bedacht bin ist, den Ethos der Gerechtigkeit und Lebensliebe aufrecht zu erhalten, der das Miteinander von so vielen selbstbewussten Charakteren möglich und erträglich macht durch den Wettlauf der Äonen. Drängeleien schüren Hass und nähren Kriege; Höflichkeit und gute Sitten, Redlichkeit und Mass kreieren den Erfolg von ganzen Völkern im bewundernswürdigen Allhier.

Es kann ein jeder Wert auf seine Eigenheiten legen und trotzdem für die Wohlbekömmlichkeit des Ganzen sorgen, weil er weiss, wie trefflich sich die Lebensdinge arrangieren und der Sinn für Einigkeit und Klugheit dominiert, den Ich den Seinsvernünftigen und Wohlgesinnten ins Gemüt geschrieben habe.

Du brauchst dich nur an alle heiklen Lebensszenen zu erinnern, die sich wie von selbst zur Minne und Verträglichkeit erlösten. Das war weil Ich im Hintergrund die Feder führte und in Stellung brachte über alle Schwierigkeiten hin. Da eben kommt die Einsicht mit ins Spiel, dass dich ein Höheres umgibt dem du vollends vertrauen kannst, weil sich in seinem Lichte alle Lebensdinge bestens arrangieren und nach Meinem wie nach deinem Gusto präsentieren.

Erhebend ist's zu sehn, wie sich Mein Einfluss mählich über alle Lande breitet. Mir ist das Schicksal der von Mir Gezeugten nicht egal. Ich setze Mich mit liebevoller Achtsamkeit, Natürlichkeit und Kreativität für ihren Fortschritt ein und verwandle was sie sind in Gläubige und Geistheroen, denen nichts zuviel ist um zur Ansicht der Gesetze ihres Seins zu kommen. Damit aber kommen sie zu Mir, dem überragenden Gestalter und Erhalter einer Trautheit ohnegleichen zwischen Irdischem und Himmlischem, Zwischenmenschlichem und Göttlichem in der Arena aller Welten und Befindlichkeiten, Harmonien und Glückseligkeiten allesamt in Mir.

6.9
Die Kontinuität der Flamme, die dich Mir vermählt, sei dein nobelstes Geschäft um deine Würde und die Güte deines Weltbilds aufrecht zu erhalten. Bricht ein fatales Stürmen über dich herein, brauchst du keineswegs am Schicksal das dich umtreibt zu verzagen. Es schmiedet dich dazu, den Wogen Stand zu halten, die dich überfluten wollen und lädt dich ein zum Siege in das Boot der Tapferkeit, der Hoffnung auf Gelingen deiner Züge, wie der Kräfte Meiner Provenienz, die dich nie verlassen werden.

Was von Mir gesagt ist wird geflissentlich getan und was Ich für dich unternehme hat den Charakter der Beständigkeit, Erhabenheit und Herzensgüte, die Mir seit Urzeit unbedingt zu eigen.

Es ist Mein tunlichstes Bestreben dir und allen Weltenwesen unfehlbaren inneren Halt zu geben, wenn die Lebenspüffe grausam werden und du weder ein noch aus weisst in prekären Situationen. Vertraust du dann darauf, dass Ich, der Mächtige, mit Meinen Geisteskräften väterlich zu Hilfe komme, wendet sich das Blatt und du siehst deine Welt zumal mit andern, klareren Augen. Dein Sinnen weitet sich bis in die fernsten Hintergründe deiner Taten und begreift, was vorfällt, als brisanten Aufruf zum geschickten, wendigen Parieren. Das ist gerade Meine Absicht, dir besonnenes Verhalten und verblüffende Geschicktheit beizubringen, die dich retten aus der ärgsten Not, derweil sie es vermögen deinem Dasein neuen Glanz und neue Würde beizubringen. Was Ich in dir schuf, hat den Charakter der allgöttlichen Gebärde, mit der Ich alle Welten überwalte und ihr Bild nach Meiner Sicht und Kunst gestalte überaus gediegen, festlich und final. Was Mich betrifft, kennt Mein allherrliches Gebaren keine Grenzen, denn Ich schöpfe Kraft von Kraft und Licht vom Lichte aus dem fabelhaften Sein, das Ich in Mir entdeckt und zum Non plus Ultra Meiner gängigen Ressourcen, Lebensqualitäten, Heiterkeiten und erforderlichen Kapitalien erhoben habe.

6.10

Gewaltige Himmelskräfte stehn dir zur Verfügung, Mein kühner Philosoph, du brauchst sie nur beizeiten zu entfesseln und zu deinen unsagbaren Diensten freien Sinns heranzuziehn. Es webt, es wirkt, es waltet immerzu um dich herum von Mir und Meinen Artgenossen, die sich Meine Lebenslust und Meinen Startbefehl, Mein Training und gewichtiges Potential verbindlich hinters Ohr geschrieben haben. Ihnen ist es zu verdanken, dass die Weltendinge unablässig vorwärts rollen, in die Höhe spriessen und sich überall geschwind verbreiten, Ausgezeichnetem und Makellosem zu. Was auszubessern ist, wird lupenrein geschliffen und poliert, dem Überflüssigen wird der Garaus gemacht und wo Vollendetes gepriesen werden will,

erscheine Ich in Jugendkraft und Herrlichkeit und segne das zu Benedeiende in graziös geschwungenen Zügen.
Immer sind Gedankenfelder und versierte Heere geisteskräftiger Impulse nötig, um dem Blanken, nie Geschauten Vorschub, Takt und Rippenstösse zuzufügen. Damit sei, dass sich das Vorgesehne erfülle und das Monument der Zuverlässigkeit und Strahlkraft seinen Dienst versehe ohne die geringsten Störungen und Pannagen.
Wer das Ganze laufend überschaut und förmlich mittickt mit den schnellsten Uhren und Verrichtungen Bin Ich der Geistgewaltige von eignen Gnaden und von einer Reputation, die sich die Unermesslichkeit ins Weisbuch eingeschrieben. Ich setze Meines Feingefühls Redoute an die allererste Stelle Meines handelnden Genies und unterlass es niemlas, Meine liebend gern gesehene Standarte hochzuhalten, um die Kräftigen wie Mittelmässigen zu motivieren und zu ihren besten Taten anzuspornen im bewundernswürdigen Betriebe.
Meine Sehnsucht geht dahin, alle Wundertätigen, Brillanten und auf Meine Hilfe Zählenden mit dem Orden reiner Gottgefälligkeit und Würde zu versehn, damit die Aufmerksamen sich daran erbauen mögen, guten Mutes und von Meiner Seinsbeweglichkeit und Wohlgesinntheit, absoluten Sicherheit und Lebensliebe innig angetan.

6.11
In Meinem Feld der Fantasie gibt es kein unbotmässiges Wanken, weil sich das Wesentliche ständig klar herausstellt und mit feinen Wortgebärden auch beschrieben werden kann. Was aber die Gedankenfülle schafft wird sichtbar

durch das Schöpfungswort, mit dem Ich das Gedachte vehement zur Sichtbarkeit entlade.

So fahr Ich hin, so fahr ich her und bilde auf dem Himmelswagen was Ich immer formen will und festigen im All der sich verkreisenden Gestirne und Planeten. Auf Mich gemünzt muss jeder sagen, dass ist wahrhaft grandios kutschiere und dabei von niemand überboten werden kann. Dennoch Bin Ich stets dabei, Mich selbst zu überbieten in Sachen Wohlgelungenheit der gütestrahlenden Faszikel, denen Ich lebendige Bewegtheit, Selbstbehauptung und bewundernswerte Überlebenschancen attestiere. So für dich. Du brauchst kein renommierter Philosoph zu sein, um festzustellen, dass deinem Wesen eine Zähigkeit und Schonungslosigkeit besonderer Art und Weise innewohnt, die dir das triumphale Überleben sichert durch die Jahre deines Wirkens und Bestehns, die überragend und erstaunlich sind im rücksichtslosen Zeitenlaufen. Nichts bleibt dir erspart, doch aus deiner Würde, Wirksamkeit und neunmalklugen Strategie läppert sich ein nicht zu unterschätzender Erfolg zusammen. Er trägt dich mit Riesenschritten fernen Horizonten zu, denen man von Weitem schon die Seinsbegeisterung und Lebensliebe ansieht auf den Zügen.

Du vernimmst in den reellen Fernen ihren warmen, wirkungsvollen Ton. Das animiert dich dazu, deinen Sinn recht weit hinauszutragen und dir alles, was du so vernimmst, gehörig anzueignen, nach dem Motto: Was du intus hast, das kann dir keiner nehmen und es kann dir irgendwann von unschätzbarem Nutzen sein. Hast auch du nach diesem bäumig klingenden Rezept verfahren, wirst du mir bestätigen, dass dir der Wohllaut und die Würze allen Lebens prächtig aufgeht in und über dir.

6.12
Hast du begriffen was dich stärkt und dir das purpurrote Herz beständig höher schlagen lässt, bist du in Meines Geisteswindes Sog geraten und darfst bei allem was du unternimmst getrost sein, weil es unter Meinem Einfluss segelt, Früchte zeigt und trefflich reüssiert. Zu guter Letzt ist alles wirklich Geniale und Plausible Meines Sinnens gotteswürdiges Gehaben, das sich im hellsten Sonnenlichte zeigen darf und sich hinaufreckt in die wunderbarsten Höhn.

Menschendienst ist Gottesdienst und Gottesdienst ist Menschendienst geworden, ununterscheidbar, ausgezeichnet, immanent und loyal.

Wahrhaftigkeit in jedem Wort, das Ich besage, ist die Grundbedingung, für den Evolutionenfortschritt, dem Ich Mich seit eh und je voll Verve gewidmet habe. So soll auch bei dir das Wörtchen Gold nicht Silber heissen und deinem Vielversprechen soll die glänzende Erfüllung folgen. Zwischen dem, was Meine Absicht ist und dem, was du dir denkst dabei, soll nicht der kleinste Riss entstehn, damit sich unsre Werte frei heraus addieren, statt Zuwiderlaufen in der Evolutionen Richt und Ziel.

Bade dich in Meinen Welten in den reinen Wassern der Genügsamkeit und Augenfrische, statt in deiner, wo du nur allzuoft im Trüben fischest und der Augenwischerei bedarfst, um endlich doch voranzukommen.

Und walten die Dinge nach Meinem Befehl, ist liebevolle Ordnung angesagt und sagenhaftes Wohlgeraten. Du bist dir Meiner Seinspräsenz bewusst und handelst wie das Kind vor dem allweisen Vaterauge, loyal und lukrativ und ohne ständig auszuflippen in der unbedachten und verführten Tat. Delinquente kann Ich nicht für Meine Zwecke brauchen, Simpel nicht für Missionen, die von A bis Z durch fürstliche Gedanken vor sich gehn. Wach soll dein Wille und geschmeidig wie das Wiesel sein in Anbetracht der bissig heiklen Situationen, die Ich dir ständig vors Gewissen lege. Siehst du dich klein, so mache phuu und fühle dich von Mir sogleich zur meisterhaften Grösse hochgezogen. Wenn es dich ankommt, drückebergerisch zu resignieren, denk an das Versprechen Meiner Gotteshilfe hoch vom strahlenden Azur. Summa summarum soll, was Ich dir gelte, haushoch überwiegen vor dem Mikrigen, das du in deiner Einfalt ständig produzierst. Alles wahrhaft Lebenslustige und Heitere, Bedeutende und Hocherhabne kommt von Mir und füllt auch deine offnen Schalen mit des Geistes Früchten, die Ich dir zuhauf mit freiem Mut und mütterlichem Herzen offeriere. Das stilisiert sich dann zu einer Seligkeit, Standhaftigkeit und Lebensliebe, für welche Ich dir noch so gerne Pate steh.

Auf Meinem Lehrgerüst kannst du die besten Brücken bauen, unter Meinem Stab gedeiht dir alles wie's der Weltgedanke will und unter Meinem Edelmut wirst dereinst voll Anmut, Himmelsgrazie und Seinsglückseligkeit den Siegeskranz erlangen.

6.13

Konstanz, Quecksilbrigkeit und Überlegtheit sind genau die Tugenden, die Ich von dir verwirklicht sehen will im Schwung der Evolutionen, die Ich universenweit heraufbeschwor. Ich betrachte deine inkarnierten und vom reinen Geist beseelten Menschheitszüge und verkünde ihnen, was sich frommt, in Meinen Reichen züchtiger und tüchtiger Bravour. Dazu kommt, dass Ich für jeden einzelgängerisch gestimmten und getrimmten Seinspatron ein Schicksal zubereitet habe das ihm hilft zu leben und sein Soll beglückend zu bestehn.

Ich werte das Vergilbte auf und halte dem Verdorrten unbekümmert neue Keimlinge entgegen. Landbau aufbautreibend in enormem Masse, veredle Ich was brach lag und adoptiere was verlassen durch die Lebenswüsten trieb.

Meine Stärke ist die Solidarität mit allen Wesen, die unter Myriaden Wohlbestallten nur mit Müh und Not ihr Dasein fristen. Wo ihr natürliches Begaben nicht genügt, vermehre Ich ihr Scherflein durch den Einsatz vieler, die Erbarmen für das Elend anderer im Herzen tragen.

Wo du immer hinkommst, bin Ich längst schon da und bin bestrebt des Lebens Werte zu vermehren und verehren, das Freudige zu fördern und dem Tüchtigen für seine Arbeit Lob zu spenden. Was Ich im Ansatz schon kreiert und mit den Mitteln reicher Seinserfahrung ausgestattet habe, lass Ich nimmer darben und bestärke seinen Willen, froh und effizient, tauglich und berühmt zu sein für das was er als seine Spezialität erfunden.

Erhaben über allem tauche Ich in wohlbegründeter Manier hinab in schauderhafte Tiefen und erzeuge Reue und Gelassenheit, Gewieftheit und Bekömmlichkeit soviel Ich kann bei Meinen Bürgen für das Wohl der Welt, das Ich beständig und gewissenhaft erstrebe.

Zu den Meinen, die da sind, gehörst auch du, wie immer du dich aufführst und wieviel Ungebührliches du dir schon aufgeladen hast in deinem Meinen Edelmut ertöten. Ich schaffe es, dich reinzuwaschen von der Schuld in deiner Lebensstrategie und zeige dir wie man sich benimmt um vor Mir als Gerechter, Gotteswürdiger und Advokat des Himmels dazustehn. In Myriaden- Unterweisungen gewinne Ich was Not tut, um Vertrauen und Gottseligkeit ins Leben, Lieben und Verzeihen einzuführen. Das ergibt dann was Ich immer würdig zu vertreten fand und verwandelt Meine Welt in einen Garten der Holdseligkeit am Sein und der Beglückung an der Quelle, deren Wasser sich von Mir in deine vielverzweigten Erdentale giessen.

6.14
Wonach du trachtest will Ich dir vergeben, wo du dich verhaspelst, Bin Ich da die Dinge zu entwirren und dich auf die Spur des Seins zu lenken, wo der Friede und die Wonne der Geselligkeit und Freundlichkeit mit allen Wesen die schönsten Blüten treiben. Gesteh dir doch, dass du zu allem was du Bist nur das Minimste beigetragen hast, derweil bei Mir der Löwenanteil liegt an Seinssubstanz und Grazie des Allerhöchsten. Du Bist nur in dem Masse wie Ich deinem Wesensein die Stange halte; in deine Kompetenz fällt nur was gerade noch bestimmbar ist in der Betrachtung der Befugnisse vor Ort im Wunder der Unendlichkeiten.

Aus diesem Grunde ist es klug und weise, wenn du nach dem was droben ist lebendige Ausschau hältst und es zu erreichen trachtest in der Seinsphilosophie die dir zu Eigen.

Wandelt dich ein Grauen an, vor dem was in den Erdenwelten so geschieht, kannst du getrost auf Meine Pochen mit der Überzeugung, dass sie sind und das unendlich Wonnevolle in sich tragen. Das ist der wahre Jakob für die Seinsverklärten, dass sich ihr Bewusstsein in die Gotteswelten reckt, wo andere, beglückendere und stabilere Gesetze walten, als die so viel missbrauchten und verdrehten hier. Was immer Ich bestimme, hat in sich die Kraft unendlicher Beständigkeit, Wahrhaftigkeit und Angemessenheit für alle, die es zu befolgen haben. Die Bürgen Meines Seins sind stets aufs Peinlichste beflissen, hellen Sinnes das zu tun, was Meiner Schaukraft und Beflissenheit entspricht im universenweiten Habitus, den Ich Mir zugelegt und anerzogen habe.

Ich mach es kurz, wo du noch lange in der Sache gräbst und sie gedankenvoll umgrübelst. Was ist weiser, als dich auf Meinem Bänklein zur Gedankenruh zu setzen und die Wissenschaft zu akzeptieren, die Ich dir voll Herzensgüte und Bewusstheit vor die Nase setze. Nicht immer scheint das für dich liebenswert und schön. Doch ein geringes später wirst du einsehn, welcher Charme und welche Zügigkeit in allem liegt was von Mir angeregt und angedeutet wird aus der Beseeltheit Meiner Chefetagen.

Hinaufzuschauen ist Mir wohlbekömmlicher als mit dem Blick hinabzugehn. So kommt es, dass Ich Mich in der Unendlichkeit der Höhen bade, die Mir zur Umschau zur Verfügung stehn. Von deinem Standpunkt aus ist nicht gerade viel zu sagen, doch um Meinen dreht sich eine Universenwelt, die alles das enthält, was eines Gottes würdig ist und seiner Gabe der Erfindung adäquat im Raum der Räume, die von seiner Seinsbewusstheit eingenommen und erfüllt sind in Äonentagen.

Bist du in Mir, so trägt sich dir genau dasselbe an, was Ich Mir längstens zugetragen habe. Du Bist und kannst es kaum noch fassen, dass dir damit alle Wege der Verherrlichung des Seins und Wirkens offen stehn. Gedankenschärfe und Bewusstheit überschlagen alles was da kommen soll in wunderbar besonnener Manier und lassen dann die Schöpferkräfte zielbewusst und heiter ins Unendliche fahren. Das entspricht dann der enormen Schaffenslust, die Ich seit Äonen freudig intus habe und von der Dichter sagen: Überbordender und weiser, faszinierender und austarierter, gnädiger und liebevoller geht's nicht mehr.

6.15

Ein Fest der Freude wird es sein, wenn du die Einsicht pflegst, dass alles was dich so betrifft ein Zeichen Meiner Güte ist am Ganzen, das Ich bestens überschaue und mit Meinem Sinngehalt bebaue wunderbar. Ich spreche eh und je Gedanken aus von überragendem Bedeuten für die universenweiten Graduationen die geschehen sollen im Bestand der Sterne, welche durch Mein strahlendes Bewusstsein wallen. Wo immer sie sich irgendwann befinden, Ich hülle alle ein mit dem was Ich Mir Bin in den Allweiten Meiner Geistpräsenz. Mein Sein ist überall wo sich Geschaffenes befindet der Pol der nie versehrten Ruhe und Gelassenheit, der sich als die Quelle reinen Glücks und wunderbarer Unbeschwertheit, Heiterkeit und Liebenswürdigkeit erweist im schattenlosen Lichte das Mir eigen.

Begreifst du nun, weshalb Ich Mich in dieser Höhe der Allherrlichkeit von Nichts und Niemand stören lassen will in meinem Bade von entzückenden Erwägungen und Wohlbekömmlichen, sowie Betrachtungen im Sinne der Verbesserung der Weltensituation. Ich sende aus und lasse Meine Diener ihre sagenhaften Kräfte an der Wesenswelt verspielen. Was Ich immer von Mir halte hallt durch Meines Seins allüberragendes und gütevolles Equilibrium, unter dessen Fittichen Ich alles, was da ist zur ewigen Verbindlichkeit und Einheit stilisiere.

6.16

Vor allem ist da alles Gott befohlen und von ihm klassiert als ausgezeichnet, was da ist und ist von ihm behütet und beständig seinem Schutz empfohlen. Schwankende Gemüter sind besonders darauf angewiesen, dass ihnen jemand unentwegt die Stange hält und ihnen wesenbildende

Gedanken schickt, im sanften Seinsberühren. Da kann Ich dir versichern, dass Ich dieser Jemand bin, der mit vollendeter Geduld, Gutmütigkeit und Raffinesse den Gedanken reiner Wohlfahrt für dich pflegt und ihn dir vermittelt, um dich auf den Gottespfad zu führen.

Die Übertragung wahrer Werte auf dein Konto kann nur als von Mir koordiniert selbander mit dir und deiner Wendigkeit geschehn. Alles was du unternimmst soll ja als ein vergnügtes Mir Entgegenschreiten vor sich gehn. Der Kalender deiner Pläne soll mit immer grösserer Bestimmtheit in den Meinen integriert und eingeflochten werden. Das ergibt dann die bewundernswürdige Synthese zwischen dem was sich durch dich ereignet und den unbedingt erforderlichen Motivationen, die sich von Meiner Seite gnädig um dich ranken. Alles was geschieht, vollzieht sich auf den zwei genannten Ebenen des Seins, die unabdingbar fugenlos einander zugehören. Erst wenn du selbstbewusst in diesem Sinn und Geist agierst kann, was du immer willst gelingen und Mir wohlgefällig und galant ins Auge sprühn.

6.17
Koscher ist und kostbar, was Ich dir seit aller deiner Zeit zugute halte, viel geliebter Vetter, Ausbund und Verehrer Meiner Lebenszüge. Bist du warm, so schenk Ich dir ein Windchen, dich zu kühlen; fröstelts dich, so überzieh Ich dein Wesen mit der Himmelswärme liebelichtem Strahl.

Derweil Ich dich der Güte Meines Vaterherzens anempfehle, trachte Ich danach, dir in der Strenge deines Schicksals Unterstützung und Beförderung zu gewähren. Was immer dich betrifft, es ist mit Mir und Meinem Denkkreis unmittelbar verbunden und hält Mich dazu an, zu deinem Allerbesten aktiv und gewandt zu sein. Gar nichts an dir soll bleiben wie es ist, es muss in einen Sinngehalt von höherem Grade umgewandelt werden, damit dein Weltsein sich im Mass der Evolutionen-Schritte Meiner Gangart, Kompetenz und Schlüssigkeit vollzieht. Es ist auch so, dass deine Kräfte mit den Meinen sich aufs Innigste berühren und so zum selben Rhythmus und Befehl gelangen, um das Weltsein zum vollendeten Geschehnis götterlichter Künstlerschaft zu stilisieren.

6.18
Wer Mir zuwider handelt wird sich selbst im Nu vereinsamt und verlassen fühlen. Das ruft dann Meine Liebeskräfte auf den Plan, um die Verhärtung aufzubrechen und dem Lebenssinn Geschmeidigkeit und Güte einzuflössen. Noch heute kann in Sachen Glauben, Wissen und Begreifen, wunderbar Berückendes geschehn. Gerade du magst dich darüber wundern, dass du über Dinge nachdenkst, die man gar nicht sieht und die doch unbedingt als Schicksalskräfte existieren. Du siehst ein, dass es ein Böses gibt, das du bekämpfen kannst in deinem menschlichen Gehaben und du trachtest willig und bewusst danach das, was du als gut erkannt hast, zu verwirklichen in deiner Lebensatitüde. Solchen Charakteren stehe Ich nach Kräften bei, um ihrem Gang zu Meinen lichten Höhn Beständigkeit und Liebreiz zu verleihen. Sie spüren Meine Geistesgegenwart in ihren Rängen und benehmen sich wie solche, die Beträchtliches dazugelernt und in sich eingemittet haben.

Die Gottesregeln halten heisst, in seinem Reiche fündig und bewusst zu werden. Sein geschriebnes Wort genauso wie die Ahnung seiner seinsvermittelnden Präsenz vermögen dich in eine ganz reale Welt zu führen, deren Zauberhaftigkeit darin besteht, dass in ihr Ordnung und Gewissenhaftigkeit, Verehrung wahrer Tugend und Verbindung mit dem Allerhöchsten dominieren. Ich liebe die, die Meiner Herzlichkeit und Güte nah gekommen sind. Sie tragen wesentlich zum Wohl der Welt und zum harmonischen Behandeln ihrer offensichtlichen Probleme bei, indem sie ihrerseits vorbildlich und erzieherisch, gewandt und gottesgläubig wirken. Wen wunderts, dass damit auf Erden ein bewundernswerter Angelpunkt der göttlichen Regie, Kunstfertigkeit und Harmonie entsteht, der manchem hier den Himmel der Gerechtigkeit und Lebensliebe öffnet bis auf Weiteres und mählich Ewiges in seinem Sich Begründen. Da halte Ich dir freilich das „Ich Bin" entgegen, das zu Ergreifen und Begreifen dir den letzten Schliff verleiht in deinem Die-Gottinnigkeit-und-Freundlichkeit-Erleben. Was du dann Bist ist wie mit goldnen Lettern in den Sternenraum geschrieben und was du atmest ist das wundertätige Arom der Freude und Glückseligkeit am Sein in Unbeschwertheit, Heiterkeit des Himmels und Unendlichem Dir-selbst-und-aller-Welt-Genügen.

Was der Verstand mit seinem
Vorwitz will ergründen

7.1

Wer die Liebe hat erfunden, geht in den Glanz des Himmels ein und sieht sich meisterhaft umwunden von seinem segenvollen Schein. Deine Sendung ist es, in Mir etwas zu erfassen, was mit Händen nicht zu fassen ist und was die Menschen allgemein als unfassbar bezeichnen. Dabei handelt es sich um den so kraftvoll scheinenden Verstand, der mit seinem Vorwitz alles Seiende ergründen will mit wissenschaftlichem Gehaben. Er will sich nimmer sagen lassen, dass er dazu gar nicht fähig sein kann, weil ein Höheres, Unendliches ihn erschuf. Sich selbst erkennen kann nur Ich, der Seinsgewaltige, in dessen geisterfüllter Bastion bewusste Klarheit über alles, was da manifest ist, herrscht in wunderbar gesättigtem Behagen. Willst du demnach etwas hinter deinem dich Begründen sehn, so hast du dich an Mich zu halten, der Ich Bin und dessen Spirit du in deinem Busen trägst, allwie im Tabernakel, in lichterstrahlender Erhabenheit und Majestät. Du Bist, indem Ich in dir Bin und darfst dich wahrhaft sehen lassen als das Agens Meiner Güte und Gelassenheit, Gerechtigkeit am Sein und Überlegenheit in allen Sparten des so wunderbaren Weltenlebens.

Es steht dir bestens an, in deine Überlegungen Mich einzureihen als das Allererste, das mit Wohlbedacht und makellosen Händen behandelt und gehandelt werden will. Das Unbedeutende soll sich nicht über das Gottselige erheben, das erkannt hat, was es ist und dem man kein A-lein für ein X-lein vor die Nase halten kann.

Du weisst bestens, dass Ich in Meiner Macht, Naturgewalt und Herrlichkeit auch furchtbar sein kann, scheinbar ohne um gewaltige Verluste Mich zu kümmern. Indes bist du es, der sich sehr zögerlich um schiefe Weltendinge kümmert und dass viel zu vieles bei dir all zu lang im Argen liegen bleibt vor anteillosen Augen. Was der Bauer nicht kennt, das isst er nicht, soll dir bedeuten, dass du lernbegierig sein sollst, um Geheimnis nach Geheimnis deines Seins und Lebens zu ergründen. Das aber wird dir nur mit dem vertrauensvollen Blick auf Mich gelingen, denn das Sagenhafte sieht man nicht und doch ist es unendlich nah. In des Herzens Einfalt Bin Ich wie mit Händen zu begreifen; Jubeln darf die Seele ob dem Umstand, dass sie Mich touchiert und dass der Wohllaut Meines Wesens ihrem Sein zur Stütze wird und zum Beginn allherrlichen Gelingens. Dem A wird bald das ganze Alphabet der guten Hoffnung auf Erfolg im Geistessinne folgen. Deine Scheunen wahren Glaubenswerden voll sein und dein freudestrahlendes Gemüt wird von der Achtung und Verehrung zeugen, die du Mir entgegenbringst und die von Mir erwidert wird in wunderbar beglückenden und segenvollen Meisterzügen.

7.2
Lautlos gleitet Meinem Sinnen die Unendlichkeit vorüber und gestattet Mir zu sein, in der Beschaulichkeit der Göttersphären. Was Ich so liebe ist die genuine Unbekümmertheit die Mich beseelt, sowie die Gnade wonnevollen Weilens ohne Richt und Ziel. Ich gleite auf den Wellen der Unendlichkeit dahin von wunderbarer Schöne und lasse unablässig vor Mich hin den breiten Strom der Seinsgedanken fliessen.
  Was Ich Mir Bin schafft ständig neue Wirklichkeiten, indem Ich sie erfinde und für alle Zeit ans Leben binde, das sie konsequenter Weis zu führen haben.
  Als das Wesen unerschöpflich fliessender und durch die Ätherräume machtvoll und gekonnt

pulsierender Gedankenenergie gestatte Ich Mir, alles was da um Mich her aus Mir geworden ist, behutsam durch sein wählerisches Sein zu führen. Ich kreiere farbenprächtige Gesetze göttlicher Natur, die wie hochgehisste Fahnen, leis vom Wind der Zeit bewegt, die Richtung weisen, die verbindlich ist für das Gelingen Meiner abergründig aufgelegten Pläne.

So stilisiere Ich die Universenweiten und erhalte sie auf Trab durch immer neue, wohlbedachte Äusserungen und Gebärden Meiner Tüchtigkeit, wie Meines gloriosen Schöpferstils.

Im grossen Ganzen hast du wenig bis gar nichts von dir zu sagen, angeschirrt an deine Boje im Gedankenmeer, jedoch von Meinem Dasein alles, sofern du dich nicht korrumpieren lässest von den Geistern, die dich recht gebieterisch umgeben. Du hast geschwind zu lernen, wie man unbehindert sein kann in der Atmosphäre des gedankenlosen um sich Schlagens und Verwirrung säens menschlichen Geblüts. Das ist wohl möglich, wenn du deines Ursprungs Level und Kapazität zutiefst erkennst und dich an seine gute Seite schmiegst um mit seiner Hilfe frohgemut durch dick und dünn zu flanellieren.

Bald wirst du an dir selbst bemerken, dass du unbesiegbar, unverletzlich und unsterblich bist in deiner Eigenart, dich unbehelligt und glorios durch Raum und Zeiten zu bewegen. Das ist dann die Epoche des Erwachsenseins, die du in Mir und Meinem Anhang fein säuberlich erlebst, derweil du mit den Meinen aufrecht und galant dein Meisterwerk verrichtest als verklärter und von Mir gesegneter Komplize wahren Seins und Lebens auf der Götterspur.

7.3

Das Kommune schweigt in dir, derweil du Meinem Wink gehorchst und dich auf Pfaden der Allherrlichkeit bewegst im Blick der Stunde wie in der Beschwingtheit wahren Lebens, die dich unentwegt von Mir durchwebt. In Wahrheit ist es würdig, recht und morgenschön, landauf, landab den Reiz der Tugend zu verkünden, der die Seele heiligt und erhebt und ihr das Überirdische beliebt macht in bedeutungsvollen Zügen. Dem In-Mir-heimisch-Werden folgt die Selbsterkenntnis auf dem Fusse, die bestätigt was du Bist und was die Winde der Allherrlichkeit so alles mit dir treiben. Dein Habitus wird rein und transparent und darf von jedermann durchschaut und gutgeheissen werden.

Jede leise Regung deines Inneseins wird allsogleich von Mir und Meiner Garde guter Geister registriert und in das Allgemeine integriert, das Ich Mir Bin und das sich als die Einheit allen Seins erweist in der profunden Wirklichkeit, die Ich geheimnisvoller Weis in Mir erlebe.

Was für dich richtig ist muss es mitnichten auch für Mich sein. Doch was Ich für Mein Seien tunlich finde wird für alle Welt verbindlich, redlich und loyal. Daraus lässt sich mit Leichtigkeit herausmultiplizieren, was der Masse Not tut und auch ganz besonders dir, dem nichts erspart bleibt an Elan und gutem Willen, um sich in die götterlichten Regionen seines Seins hinaufzuhieven.

„Credo in unum Deum", darfst du jubelnd von dir sagen, sowie dein Geistsinn sich zu Meiner steten Gegenwart erhoben hat in der Gemeinschaft der Verklärten. Du schreitest ständig zur Gewissheit von den Geisteskräften, die da sind hinan und sie empfangen, was du dir durch ihren Gnadenstrahl geworden bist, mit einigem Jubel und mit der Gabe der Glückseligkeit an deines Herzens Hofe.

7.4

Nichts soll fadenscheinig sein, was du vor Meinen Sperberaugen präsentierst, denn es geziemt sich nicht, vor einem Gott allwie ein Bettler zu erscheinen. Wesentlicher jedoch ist die innere Reinheit, Reife und Bedeutsamkeit, mit denen angetan du vor Mich hintrittst, um in irgendeiner Sache von Mir aufgeklärt, gut behandelt oder in sie eingesetzt zu werden. Trägst du dich mit dem Gedanken, Ausserordentliches und Zufriedenstellendes zu leisten, tust du gut daran, selbander mit Mir vorzugehn und Meine Ansicht zum gewählten Thema zu erfragen. Alles was bekannt ist hat schon viel von seiner ruppigen Gefährlichkeit verloren. Du stehst ihm Aug in Auge gegenüber und ermannst dich sogleich seinen Wesensinhalt und sein Angebot zu hinterfragen. Das bringt dich auf den Punkt, wo du's entschärfen kannst, so dass es seine Bissigkeit verliert und bald bereit ist weggeschafft zu werden. Im Numinosen liegt es immer auch an Mir, den Lebensrätseln Lösbarkeit und Anmut beizubringen. Wesentlich ist die Veränderung der Dinge im Allhier zum Guten hin und zur Vollendung in des reinen Seins glückseligem Gewahren.

7.5

Veredelung und feierliche Dankbarkeit mögen dir beständig vor dem Seelenauge stehn im Vorwärtsschreiten, Meiner Gegenwart in dir entgegen. Du brauchst dich nicht zu zieren, wenn Ich Meinen sternenklaren Blick auf deine Inheit richte und Mir insgeheim berichte, was Ich alles an dir seh. Es ist der Nachhall aller deiner Taten, welcher dein moralisches Gesicht geprägt hat bis in die feinsten, ausdrucksvollen Falten. Da gibt es noch gar vieles ernsthaft zu bemängeln, was deinem Wesen innewohnt als Habitus und festgefahrene Manier. Es sind Dezenien von liebenswürdigem Verhalten nötig, um dich rein zu waschen von der Schuldigkeit die du selbstzerstörerisch auf dich geladen.

Dein Sinn für die Verbindung mit dem ganzen überwältigenden Weltgefüge muss zur vollen Blüte wachsen, was bewirkt, dass du vor Mir im rechten Licht erscheinst mit deines Wesens Wohlgeraten.

Vor allem ist es angebracht, dass du dein eigenes Verhalten wahrnimmst um dir zu ermöglichen, dich selbst zu korrigieren und dem Weisbuch deines Wesens manche gute Seite beizufügen, die dir hilft nach Meinem Standard und Befehl zu leben. Was Ich von dir wünsche, ist die Einsicht, dass du unweigerlich in Mich hineingeboren und gestellt bist mit all deinen Wucherungen und blamablen Spezialitäten. Wie die reine Unschuld sollst du in Mir sitzen und vortreffliche Gedanken spitzen die dem Weltsein, das Ich Bin, aufs Trefflichste zu Gute kommen.

Du bist ein Wiegenkind und wächst geschwind dem Strahlenlicht des Weltengotts entgegen. In ihm beschlossen bist du und zum Sein erwählt. Das soll kräftig auf dich wirken und dich allezeit bezirzen bis du ihm vollends geweiht bist wandelnd in den Geistessphären die dir alles sind was du begehrst und was dir nötig ist um in der Überwelt behutsam und erfolgreich, seelensicher und galant zu reüssieren.

7.6

Du bist zum Sein erwählt in Mir und dir in Tausend Freuden und Begünstigungen, edler Geist voll Güte und Beharrlichkeit, von Mir gesegnet und belebt. Wieso willst du entarten, wenn Ich doch so dominant und väterlich in deinem Haus Quartier bezogen habe? Weder kannst du unbemerkt von

Meiner Seite schleichen, noch wird es dir gelingen Mich von Angesicht zu Angesicht zu hintergehn. Du bist es, der sich täuscht, wenn nicht die volle Wahrheit vor dir präsentiert wird im so geläufigen Sich-Beklagen. Schleunigst lernen sollst du, klare Definitionen voll Wahrhaftigkeit und Geistesstärke abzugeben, damit niemals das Urbild dessen was da ist entstellt wird von verhängnisvollen Räten.

Gehorsam sollst du pflegen vor dem, was dir dein Gewissen zu vollbringen auferlegt; denn in seine Äusserungen schwingt sich Meine Stimme leis und leichterdings hinein, zu Gunsten unbedingter Redlichkeit in Corpore.

Wird es schwierig, darfst du jederzeit auf Mich Bezug und Schützenhilfe von Mir nehmen. Was gerade ist, wird bei Mir niemals wanken und das Krumme wird nicht umgebogen, um dezenter dazustehn. Mach es wie du immer willst, von Meinem Licht beschienen kommt das Wahre an den Tag und wird unweigerlich für oder wider deinen Willen zeugen.

Zur höchsten Ehre wird es dir gereichen, wenn du dich zutiefst mit Meinem Habitus vermählst und damit sorgenfrei auf Meiner Welle reitest im Bewusstsein der Allherrlichkeit die Ich vertrete. Niemand ausser Mir vermag, dich so vernünftig und umfassend über das zu instruieren, was gerade für dich passt und dir die Wege öffnen kann, die zum Erfolg und zur geziemenden Rendite führen. Dein Bestreben aber sei, in Meiner Mitte zu marschieren und mit jedem Schritt die Weisheit zu bestätigen, mit der Ich dich von A bis Z bediene.

Wo du immer wartest, sei bestrebt, Mich und Meinesgleichen zu erwarten als den Inbegriff der Diskretion in Sachen Auftritt auf der Weltenbühne. Nur die höchst empfindsamen Gemüter sind da in der Lage, Meines Gegenwärtigseins Arom und

Schimmer in sich wahrzunehmen. Das ist dann ein Freudenfest besondrer Art, wenn das Himmlische auf Erden spürbar wird in seiner Qualität und Zartheit, seiner strahlenden Vertrauenswürdigkeit und seinem universenweiten Alles-Überragen.

7.7
„Verweile noch, es ist so schön, dich nah bei Mir zu haben", spricht der Weise zur geliebten Gottheit in der Stunde der Erleuchtung und allnächtigen Eskapade ins hocherhabne Geistgebiet von des Herren Sein und Gnaden. Es ist ein Wunder der Verwirklichung im Geistraum, das Ich meine, wenn Gedanke nach Gedanke sich erhebt und dich fortträgt bis in himmelweite Fernen. Du spürst in dir die Kraft des blanken Überlegens und spürst damit die Überlegenheit, die dich von Mir beseelt. Dieser Zustand soll auch dich von Zeit zu Zeit und einmal dann für immer mit enormer Seinsbegeisterung erfüllen und deinem Leben und dezenten Tun den fabelhaften Sinn verleihen, der ihm alleweil aufs Trefflichste gebührt.

Das Lebendige, dem Raum Dahingegebene, ist in minikrimen Keimen angelegt, die stürmisch wachsen und sich myriadenfach vermehren wollen. So auch du vervielfachst deine sprudelnden Ideen immerzu vom Hundertsten ins Tausendste und liebst und hütest sie, um ihnen Angelpunkt und Magistrat zu sein für das bewundernswürdige Gedeihen.

Mit leichter Hand und mit dem Unterton der Unerbittlichkeit gelingt es Mir, das Ganze bis ins letzte Detail sachgerecht und angemessen zu regieren. Deine Rolle soll dabei die eines Horchers an der Wand sein, deren andere Seite das Unendliche vor dir verbirgt und zugleich offen-

sichtlich macht in seinem vaterländischen Rumoren.
Dir wie Mir sei es gegeben, bewusst und heiter an der Spitze einer langen Kette von Ereignissen zu stehn und unermüdlich zu agieren, bis die ewig jugendliche Sinnkraft Seins-Teutonischer und überwältigender Evolutionen sein markantes Ziel erreicht hat, um sogleich zum nächsten aufzubrechen in der Generationenfolge der titanisch aufgemachten Göttersphären.

7.8
Kraftvoll, unveräusserlich und majestätisch poche Ich darauf, von allen Wesen anerkannt, geliebt und hoch verehrt zu werden. Mach es dir nicht allzu leicht, in dieser Hinsicht aktiv und prägnant zu werden, denn Lauheit, Süsslichkeit, Nachlässigkeit und Unverstand mag Ich in dieser Hinsicht nimmer leiden. Magst du auch noch so blitzgescheit und koscher vor den Menschen stehn, von Mir wird alles was du Bist als unscheinbar und dumm gewertet, solange du nicht Meiner Gegenwart Profil und Patrozinium in dir gewahrst, das alles in den Schatten stellt, was du dir selber je gewesen.

Wissenschaft ganz ohne Gottbeseeltheit zu betreiben ist ein Unding, denn die Wirklichkeit des Lebens an sich, die Ich Bin, steht zwar aller Welt vor Augen und kann dennoch nicht ins irdisch Wissenschaftliche gepresst, schablonisiert und eingetöggelt werden.

So Bin Ich denn in dir was du nicht siehst und was du zeitgleich doch zu fühlen hast in deiner mählich auf Mein Tonsystem gestimmten Temperiertheit von des Gottes auserlesnen Gnaden.

Ich walte über allem und durch es mit unveräusserlicher Fertigkeit, Fertilität und Slow-Food-Strategie in Meinen noch mit allen guten

Geistern wohldotierten Aktionen. Nicht verlassen bist du, sondern tief in Meine Wachheit und Beseeltheit eingebettet, magst du dich verhalten wie du immer willst. Streunst du vor Mir noch so sehr wie eine wilde Bestie umher, Ich behalte dich im Auge und begüte was du Bist mit Schafsgeduld und Klugheit, Edelmut und unter dem Verhängnis der akut gewordnen Sanktionen.

Trägst du Mir Rechnung, kann Ich dich als relevant und gotteswürdig, konziliant und seinskonform bezeichnen und dich in der Guilde der Verklärten ruchbach machen. Das ist dann ein Triumph, der allen Seinsvernünftigen beschieden ist und der sie davon überzeugt, dass sich das Heldenhafte lohnt und mit Gottseligkeit belohnt wird in den höchsten Meistergraden.

7.9

Anmut und Entschiedenheit sollen deine besten Freunde und Begleiter sein durchs ganze Leben unter Meiner schützenden Ägide. Redlichkeit und Weisheit dito, denn sie sind der Inbegriff vertrauenschaffender Moral, die Ich mit Vehemenz und Zungenfertigkeit allüberall vertrete.

Es ist von Mir nicht einzusehn, weshalb du dauernd nach Gesetzeslücken Ausschau hältst und durch sie schlüpfst, auch wenn du damit die Gesetze himmlischer Moral verletzest, die dir glasklar vor den Augen des Bewusstseins liegen. Das nimmt kein gutes Ende, sag Ich dir, denn das Zwischenmenschliche ist auch ein Zwischengöttliches und dieses registriert und ahndet jede schlimme Tat.

Ebenso wie Ich steht der Versucher bei dir an und trübt dir im gegebenen Momente das Gewissen. Dann begehst du, was du nicht begehen wolltest, du siehst durch Meine Seelenaugen alsbald wieder klar und musst dir unweigerlich den Fehler eingestehn den du begangen. Das Lautere an sich, das Ich dir Bin, kann weder zugedeckt, noch aus der Welt befördert werden. Es mahnt dich dauernd gut und zuverlässig, überlegt und effizient zu handeln, um am Ende der zu sein, den Ich angelegt und aufgefrischt, traditionsgemäss behandelt und zur Seinserfüllung hochgezogen habe.

7.10

Kontemplation ist eben mehr als Kaffee trinken, Kuchen schlecken und den Geist entspannen bis zum Gehtnichtmehr. Es muss ein Geistesmilieu der Einigkeit mit dem was ist geschaffen werden und aus dieser Position heraus spricht sich Unendliches in dein allmenschliches Gemüt. Vor allem darfst du nicht im angestammten Sinne denken; du lässest dir Gedanken wie von erster Hand in deine zweite kommen und bist dann überglücklich über das was du in Worte fassen kannst in Sätzen welche Weltbedeutung haben.

Eingebung möchte man das nennen, Intuition von höchster Warte, die da weiss und die es sich gefallen lässt, ihr Wissen tief vertraulich an dich zu vergeben.

Sieh dich also angesprochen als von dem der ist und packe deine eigne Ansicht schleunigst ein vor seiner Weisheit und vor seiner Art und Weise hochbrisante Dinge ungeniert, geschmeidig und gewissenhaft daherzusagen.

Von vielem muss die Rede sein für den, der sich in himmlischen Bedenken seiner Lebenssituation ergeht. Doch mählich wird ihn die subtile Abgeklärtheit von dem was er vernommen hat zuinnerst überzeugen. Er hat erkannt, was andre nicht erkennen und hat in sich aufgenommen, was

vom Geist zum Geiste tönt in unwahrscheinlich liebevollem Übertragen.
Ich spreche, doch Es spricht aus Mir und trägt dein Sinnen weit und wunderbarerweis aus dir heraus bis zu den Sternen. Du umfängst ihr Universenwesen in der Seinsbewusstheit die dir innewohnt und siehst dich selbst als Quelle alles Guten und Gerechten, die sich lebensfroh und zärtlich, sinnbegabt und traulich ins Unendliche ergiesst.

7.11
Eine Kantilene auf das göttliche Erwarmen und Erbarmen will Ich singen in der seinsbewussten Morgenfrüh. Was da vonstatten geht ist die Erwägung und Erwähnung eines Mitgefühls von gottbegnadeten Dimensionen. Und es ist reell, wie alles was Ich unternehme jedem einzelnen Geschöpf persönlich zugedacht und anbefohlen ist. Das kommt von der enormen Güte Meines Herzens, wie von Meinem Willen, alles herzugeben was Ich zur Verfügung habe, um das Schmerzliche zu lindern und dem Sein der Welten Wohlgefälligkeit und auserlesene Bewusstheit zu verleihen.
Was einmal war wird nimmer so sein in der Zeitenüberschwänglichkeit und Übergabe alter Rechte an die neuen Seinsgebieter, die gewalten Ideen Luft und Licht verschaffen, dass sie vor dem Volke leuchten und es führen mögen, über Berge von Bedenken hin. Doch einstens wird das Ja-Wort der Gebieter sagenhafte Früchte tragen und auch die allerletzten von der Güte dessen überzeugen, was schlussendlich Meinem Einfluss und Geflüster zuzuschreiben ist. Einmal wirst du die Parole "alles ist in Mir und Meinem universenweiten Sanktuarium" aufs Innigste begreifen, denn sie wird für dich und dein erhabenes Bewusstsein gleichbedeutend

wie für Meines sein. Es nähert sich das Bild dem Schöpfer ständig an bis es beginnt, in ihm wie Geistesbutter zu verschmelzen. Das Sich-im-Illusorischen Bewegende ist dann nicht mehr und wird vom Einen, Allbedeutenden und Liebevollen abgelöst, das Ich in Wahrheit Bin in einer allumfassenden Gebärde wesenhafter Freundlichkeit und Milde. Ebenso Bin Ich es allem was da ist und Mich ist gegenüber in der Schau aufs Ganze die Ich Mir im Laufe der Äonen friedenspendend und beseligend errungen habe.

7.12
Wo man singt da ist gut Leben, wo das Trauliche obsiegt wird auch dem Herzensglück und der Verwandlung ins Allgöttliche genügend Raum und Edelmut verliehen. Nur darum kann es sich grundsätzlich handeln, dass dir etwas, was schon ist, erkennbar und geläufig wird in unerhört erhabenen Dimensionen. Ein Cantus firmus hüllt dich ein von ewiger Natur, der deine geistbewusste Gegenwart im All versüsst und auf subtilste Weise mit dem Göttlichen vermählt, dem du dich vollends hingegeben. Kannst du ermessen, was es heisst, dem Menschlichen und Göttlichen zugleich mit Haut und Haar und eben mit der Inbrunst deines Geisteswesens zu gehören? Es ist Erbauung allerfeinster Art, die hier an dir geschieht, wenn dir, still lauschend, das Geheimnis deiner Universenmächtigkeit im Geist enthüllt wird und du dir deines Seins bewusst und kundig wirst in wunderbar erhabnen Meisterzügen.

Verstandestriefende, hochnäsige und selbstbewusste Spekulationen können da nicht helfen wo der Erkenntnis goldbehauchte Schwinge dich zu dem erheben soll, was ist und was dir in bewundernswerter Weise zusteht als von Mir an

deine geistige Präsenz vergeben. Du brauchst dich nur genügend offen, rein und tugendhaft zu halten, um für das auserlesene Geschehn bereit zu sein, das dich voll Zartheit und bemerkenswertem Seinselan zur vollen Unbeschwertheit, Himmelsleichtigkeit und Heiterkeit entführt, zu denen Ich dir Raum und göttliches Vertrauen leise leis dahingegeben.
Derweil du staunend und bewusst das Allerhöchste wie das Dürftigste zugleich berührst, verlange Ich von dir nichts weiter, als den Wunsch, für immer in dem götterlichten Equilibrium und damit im Ich Bin von Meiner Provenienz und Güte zu verweilen. Ich will dein Wesen selbstbewusst in der Ägide unerhört geschmeidiger Ereignisse verwurzelt sehn. Sie stillen deinen Durst nach Liebe, Seinsgeborgenheit und Allbewusstheit aus den Tiefen, aus den Höhn wie aus der Pracht der Geistesuniversen, denen du vertrauensvoll und zärtlich, seinsglückselig und verbunden mit der göttlichen Behutsamkeit und Milde zugehörst.

7.13
Das Erhabene beginnt in deinem Sein und Wesen leise leise wie die liebevolle Morgensonne aufzugehn um dich mit ihrem Strahlen innig zu beglücken und um deinen kühnsten Hoffnungen Erfüllung und glückseliges Empfinden zu vergeben. Weile, aber weile dort wo dein Bewusstsein Antrieb, Helle und Geschmeidigkeit erhält in Meinem Sinne und in Meiner hoheitsvollen Diktion.
  Reich bewegte Szenen sind Mein täglich Brot und sollen auch das Deine sein stromabwärts in der Zeit wie in der wachsenden Verfügbarkeit für das was Mich betrifft und Meines Geisteshimmels Gnaden.
  In jedem deiner Seinsmomente ziehen wichtige Ereignisse und kapitale Funken ihre weitgedehnten

Bögen und verbinden so dein Schicksal mit dem Meinem, der Ich in allem was da ist Meine Universenkreise zieh. Du kannst weder A noch B in deiner minikrimen Welt bestimmen, ohne dass es in der Meinen, sterngesättigten, Bedeutung und Regie gewinnt so mächtig wie der Blitz und Donner der Propheten. Sieh dich also vor, dass du an deinem Hof nichts Ungebührliches erdichtest und verrichtest, denn es bringt in Geistesräumen ganze Welten in Verwirrung und Instabilität. Suche stets in Harmonien aufzutreten und in seelenvoller Dankbarkeit für alles, was die Umwelt, die Ich Bin, an dich vergibt und ohne das Geringste dafür einzufordern. Was du leistest soll für die, die nach dir kommen, freien Sinns geleistet sein, denn es geziemt sich für dich, Meiner Art gemäss, dem Dich-Verschenken absoluten Vorrang einzuräumen. Nicht im Hamstern wirst du wahrhaft gross, sondern im bewussten Öffnen deiner Scheunen, die von Meiner Geistesgegenwart und Güte überquellen, dem Allgemeinen, Gottbegnadeten entgegen.

Trittst du leise auf, so kann Ich es mit einer allumfassenden Gebärde noch viel leiser tun. Dabei ist jederman gehalten Meines Schreitens Abergründigkeit und Schönheit tief im Herzen zu gewahren. Nur was Ich bringe bringt im Grund etwas und was Ich richte richtet ganzer Welten Epos und Natürlichkeit zu einem farbenfrohen Mix zusammen, der in seiner Anmut überzeugt und an welchem männiglich zutiefst Gefallen findet.

Ich ergattere Mir stets die ersten Plätze im Theater, das Ich, schon auf dem Proszenium beginnend, für Mich spiele. Alle sind Statisten im Vergleich zu dem, was Ich Mir Bin, als Herold Superstar und Prokurator der Geschichte, die Ich voll Inbrunst und Authenzität vor grossem Publikum erzähle. Im Grund genommen gibt es nichts als

Mich, derweil Ich alles was da ausser Mir ist nicht zu Meinen Gütern zähle. Demnach sollst du dich beeilen um raschestens an Meines Hofes Pforte zu gelangen die dir eine Welt des wirklichen Begabens und Begütens öffnet vielgeliebt und folgenschwer.

7.14

Tradition ist, was Ich immerfort tradiere als bekömmlich, gotteswürdig und erbaulich vor den besten Sehern und bedeutendsten Propheten. Ein eingefleischtes Ritual beschert den majestätisch schreitenden und tanzenden Protagonisten, Priestern und Zeremoniellen auf jeden Fall Verehrung und Beachtung, Beifall und Erfolg. Mit ihrem kapitalen Willen prägen sie den Alltag der Gemeinschaft feste Formen und bewundernswerte Rhythmen ein, die das Irdische galant mit dem Ekstatischen und Übersinnlichen verbinden.

Exotisch wirkt, was deine Züge mannhaft überwunden haben doch kann dir dieses erst zum Fortschritt und zur Evolution gereichen, wenn du das Unendliche auch ohne tänzerischen Einsatz liebevoll erkennst und ihm die höchste Ehrerbietung zugestehst.

Es geht hier darum, Altgewordnes abzubrechen und dem neu von Mir Erworbenen Dynamik, Durchschlagskraft und allgemeine Achtung zu verschaffen. Gerade du bist mit so vielen dazu aufgerufen, dich im Wesen tunlichst zu verändern, Meinem überragenden und meisterhaften zu. Wer klopfte bei Mir an, dem ward schon immer aufgetan, damit er sich im neuen Raum gefiele und sich darin übte, Höherwertigeres und Beschaulicheres zu kreieren.

Was Ich lehre ist die Kunst des Eingehns auf die leisesten Impulse, die ständig von Mir ausgehn, um subtil Empfängliche an ihrer besten Seite zu erreichen und um ihnen klar zu machen, dass sie sind und dass Ich Bin in der beglückenden Bewusstheit Meiner selbst als Wesen reiner Geistigkeit und universenweiten Handelns an der Welt und ihren Myriaden-seinslebendigen Gliedern.

7.15

Parallel-Importe kannst du nicht vermeiden wo es darum geht dein Bewusstsein ständig mit fragilen Informationen zu versehn. Du hörst und fühlst zugleich wie mannigfache Töne und Empfindungen in deine Seele strömen, die sie bald belasten, bald mit freudiger Erregung höhwärts ziehn. Da gilt es dann, dein so empfängliches Gemüt stabil zu halten, damit du dich nicht hin und her gerissen fühlst von den Ereignissen der Welt und Überwelt, die dich zutiefst bewegen.

Zwar glaubst du, letztlich ganz auf dich allein gestellt zu sein, doch das wird niemals stimmen, weil Ich, der Unversehrte, immer bei dir Bin. Ich konstatiere deine Herzensnöte und entschärfe sie behutsam nach dem Mass der Weisheit, die du Mir gestattest, auf dich anzuwenden. Bist du für Mich offen, überwalte Ich dich mit erlesnen Himmelsgaben, die da sind: Vertrauen in das Ewige, Geduld und guter Wille, wenn die Dinge deines Lebens noch so schief zu liegen scheinen. Es soll dir so ergehn, wie einstens Daniel in der Grube, dass die Tiere der Verderbnis zwar die Zähne fletschen und dir doch nichts antun dürfen all so lang wie Ich bei dir Bin und du Meiner Hilfe sicher bist in deinem wunderbaren Wähnen.

Das äusserliche Leben ist bei aller Vielfalt immer recht banal, wenn dus mit dem vergleichst, was innen abläuft in den Schlünden, Grüften, unermessnen Weiten und Bedingungen der Menschenseelen. Da geschieht zu allererst was dann als Tat und kategorisches Ereignis in das wesenhafte Leben tritt. Was ist nun wirklicher, der Ursprung oder die frappante Wirkung, kannst du dich hier füglich fragen? Und da sag Ich dir: was hinter den Kulissen dieser Welt geschieht, ist das Bedeutendere und ist eben das, was Ich Mir darin Bin, ebenso wie das was du dir Bist im Geistreich der Gedanken und Empfindungen, des Wallens unerhörter Willenskräfte, wie des Waltens Meiner genial gefächerten und liebevoll an alle Seinsbedürftigen verteilten Fantasie.

7.16
Gefühlvoll und gelassen zugleich sollst du sein im Zuge deiner Dispositionen, die dich langsam aber stetig vorwärts bringen sollen. Dabei sollst du wissen, dass Gelassenheit besteht bei denen, die vollends auf Mein Innesein und Meine exzellente Führung zählen. Sie verwahren sich dagegen, als Träumer, Schwärmer und Fantasten dargestellt zu werden von der Masse derer, die nur auf ihren Eigensinn vertrauen. „Gott behütet", wird er sagen, „wie kann man nur so übermütig und naiv sein, ohne Ihn und Seinen Ruf durchs Leben zu kutschieren". Recht hast du, bedeut Ich dir und lass dich Meinen Einfluss innig spüren, der sich in gedankenklaren Visionen und Erkenntnissen vollzieht.

Ich bade dich im Fluidum der Güte, die unbeirrt und generös, bedeutsam und verbindlich von Mir ausgeht, deiner Zukunft überragenden Erfolg und bewundernswerte Unbeschwertheit zu bescheren.

Dank Mir kannst du getrost der Abenteuerlust bis ins Unendliche frönen, wohl wissend, dass dir auf den Geistesmeeren Meiner Provenienz kein Ungemach geschehen kann. Genau so gut wie Ordnung herrscht in Meinem Hause, soll es auch in deinem zu und her gehn mit der Überzeugung, dass

die Seinsgesetze überall in gleicher Weise griffig sind.
Du brauchst dich nicht zu schonen auf der anspruchsvollen Wanderschaft in Meine Gründe und Begründungen der Routen, die dir bis aufs Tüpfchen angemessen sind. Darüber staunen wirst du wie genau Ich deine Seinsbelange kenne, um auf sie in götterlichter Art zu reagieren. Bin Ich dein Meister, so bist du im gottseligen Gesellentum dazu berufen, selber meisterlich und virtuos, sakrosankt und grandios zu werden. Auch dir wird einst die Stunde der Verklärtheit schlagen, wo du Mich in dir erkennst und bass erstaunt gewahrst, wie wir einander gleichen.
Du in Mir und Ich in dir bleibt immerzu das Einmaleins der Höhen und gewährt dir Seinsbeständigkeit, bewusste Traktion und fabelhaftes Wohlgefallen an und in der Welt von Meiner Grazie und genialen Generation.

7.17

Der Junker soll sich niemals über seinen Herrn erheben wollen, denn dieser ist das Höchste das er in sich trägt und dem er folgen soll in allen Daseinsregionen. Es ist für jedes Wesen recht bedeutsam zu wissen was das Wesentlichste ist in seinem Sein und Streben. Alles was aus einem Anderen hervortritt kann nicht höher sein als Es. Und dieses Es Bin Ich, das unerschaffene, unwesenhafte, unbewusste Sein, das zugleich alles und nichts ist in seinem undenkbar und glückerfüllten Existieren.
Was Ich Bin das Bist auch du im reinen Sein, das Ich Mir und allem attestiere als der Grund von seinem Sich-Begründen wie als das Merkmal seiner selbst im ewig transzendierenden und ins Allwirkliche erhobenen Per se. Im Allsinn Bin Ich

selbander mit dir aus Mir selbst herausgehoben und inszeniere Weltgewandtheit aus dem Bodenlosen und Verbindlichkeit aus dem mit nichts verbundenen Sich-Selbst-Behüten.

Was das Glückseligsein betrifft, so Bin Ich ganz zuvörderst darauf eingeschworen, denn es folgt dem absoluten Freisein auf dem Fuss und lässt sich mit dem liebevollen Sonnenstrahl vergleichen, den Ich in myriadenfacher Überschwänglichkeit ins All versende.

Verzehre dich nach dem was Ich in allem Bin und leiste dir das Unerhörte, dass du Bist im Glanz der Sonnen wie in der Unendlichkeit der seinsbewussten Geistessphären.

7.18

May day, may day wirst du rufen, währenddem du gnadenlos in Mich versinkst, um alsbald als Glückseliger in Meinen Sphären zu erwachen und erblühn. Merk dir, dass Ich auf dein spintisierendes Gewissen stets den allergrössten Einfluss habe. Spitzfindig musst du sein und dazu noch dich selbst kasteiend um herauszufinden, wo du stehst in der Genealogie der reinen Seelen die an Meinem Sein den allergrössten Anteil haben.

Was Ich dir als Geschick in die erhobnen Hände spielte, war immer dazu angetan, dich selbst und deinen Grossbetrieb in Meine Höhn zu dirigieren. Schaffst du es, genügend Gottgefälligkeit und Seinsvertrauen anzuschaffen, bist du ein gottgemachter Mann oder eine gleichgesinnte Dame, deren Sein und Trachten nur noch Mir gehört in allen Lebenslagen. Ich stütze Mich auf jene, die am Göttlichen bedeutungsvollen Anteil haben und weder Rast noch Ruhe kennen, wenn es darum geht, Meine Werte und Gediegenheiten zu

verteidigen und unter ihrem Schutz und Schirm getrost und sicher durchs Lebendige zu schreiten.
Mich zieht das Unbescholtne an und Meine Gäste sind an Meines Herzens Hof wie eigne Kinder lieb und rücksichtsvoll gehalten. Allem was Ich biete ist ein festliches Gepräge inne, und den Wägsten ist gestattet, sich dabei voll Ausgelassenheit im Wirbeltanz zu drehn.
Die Erwartungen die Ich in Meiner Hemisphäre hege sind Bedingungen der Friedefertigkeit sowie der wunderlichen Übereinkunft zwischen allen Gattungen, die sich durch Meines Reichs Gefilde frei und unbeschwert bewegen. Sie atmen Reinheit und sind stets beflissen, einander innig gut zu sein und sich spontane Herzenshilfe anzubieten. Im Land der Ehre Gottes herrschen allerseits Geduld und Redlichkeit, Bescheidenheit und heiteres Benehmen. Alles dreht sich um den Mittelpunkt der Grazie des Himmels, der Ich Bin und der mit allen die da sind sich väterlich auf Du und Du versteht im exquisiten und beschaulichen Das-Sein-Bereden.
So geschiehts, dass alle Würdigen an Meinem Dasein überragenden und wohlerwognen Anteil haben. Ihnen gehört Meine Welt und sie sind die Gestalter einer Atmosphäre von Glückseligkeit, Erhabenheit, Natürlichkeit und liebevoller Heiterkeit darin.

7.19

Tragödien sind nicht aufzuhalten, aber sie sind zu Vergeistigen in Meinem Sinn und Meinem Regelwerk des himmlischen Azurs. Du verursachst, was du Bist, seit Generationen und Ich baue es in Meine edlen ehernen Gesetze ein, um ihnen Sinnkraft, Fortschritt, Wohlgefälligkeit und Freiheit des Gewissens zu verleihen. Was du immer willst, es wird von Mir mit Sperberaugen registriert und

Meine treuen Diener flüstern es in dein Gewissen, ob es von Mir akzeptiert wird oder ob verdammt in Bausch und Bogen. Überhörst du, was Ich dir intim besage, kannst du unbehindert in die Irre gehen, doch die Konsequenzen deines Handeln musst du selber tragen.

Stehst du mit Mir im klaren, transzendenten Bunde, kann dir nur noch Gütiges und Heilsames geschehn. Du schreitest selbst in bohrender Bedrängnis selbstbewusst voran und fühlst dich immer unbeschwerter, wohlgefälliger und über alle Massen seinserhaben.

Deine Rettung ins Unendliche ist Meines Wohlverstands Regie, die alles noch so Stümperhafte und Barbarische in wohlgemessnen Zirkeln zur Vollendung führt.

Beschäftigt dich ein Weh, so gibt es dir den Wink, dich selbst zu hinterfragen, um, wozu es gut war, zu erfahren. So wird dir das Leidige schlussendlich zum Gewinn an Seelenstärke, Überlegtheit, Tapferkeit und wohlbemessener Begeisterung am Sein und Leben. Was du sein sollst, bist du dir geworden, was du schon immer in Mir warst, hat seinen Rang, sein Ziel und seine Wiederkunft gefunden in der Herrlichkeit des Herrn wie der Glückseligkeit, Erhabenheit und Lieblichkeit der Geistessphären.

7.20

Vif und lebenskundig sollst du sein in der Wogenei der Tage wie der Wirksamkeit der ehernen Gesetze, die von Mir zu deinen Gunsten eingesetzt und angewendet werden. Alles was von Mir zu deiner lichten, lieben Seite strömt, ist höchlich dazu angetan Mich dir beliebt und glaubhaft, ehrenvoll und sakrosankt zu machen. Es gibt nichts Penibleres, als wenn sich zwei für einen

Lebensbund Bestimmte nicht verstehn. Sie suchen Einigkeit und müssen doch gewahren, dass sie ganz verschiedner Meinung sind in sonnenklaren Dingen. Das ist, weil ihre Fähigkeit das Wahre zu erkennen nimmer auf derselben Stufe steht. Doch einmal werden sie sich in Mir finden, der Ich der Weg, die Wahrheit und das Leben Bin in reinster Übereinkunft mit dem Sein in aller Sicht und allem sich Bedingen.

Wer der wahre Meister ist, kann Ich in diesem Fall getrost besagen: Seine Gründlichkeit und Energie ist Mir gegeben und sein Renommee trifft haargenau auf Mich und Mein Gehaben zu. So müssen alle, die da Wahrheit und Gerechtigkeit, Unbescholtenheit und Liebe suchen, zu Mir kommen und zu Meinem Heil in Sachen Seinserkenntnis, Seriosität und Wonne am Unendlichen Geschehn.

7.21

Das wird dann zu einem Freudenfest besonderer Art, wenn das Himmlische auf Erden spürbar wird in seiner Qualität und Zartheit, seiner strahlenden Vertrauenswürdigkeit und seinem universenweiten Alles-Überragen. Es wird auch dich betreffen und dein Weltbild radikal verändern, wenn du dich von geistigen Potenzen regelrecht umrundet siehst und beginnst, dich auf ihren Einfluss zu verlassen überall wo's brenzlig wird und wo es gilt, Veredlung und Versöhnung zu bewirken.

Da kannst du ruhig davon ausgehn, dass Ich wirklich existiere und dir ständig hautnah auf die Finger seh. Das geschieht, indem Ich deiner Geistsubstanz hellwacher und beständiger Gefährte bin in einem Innewohnen von erhabener Brillanz und von unendlichem Bewähren. Ohne Mich kannst du nicht sein, will Ich dir förmlich, festlich und verbindlich ins Gewissen sagen. Wie immer du im Leben stehen magst, Ich Bin die Basis aller deiner Werte, Manifeste und verzwickten Operationen. Du bist die Spitze eines Eisbergs, dessen unsichtbar gehaltene Dimensionen Meinem Sang und Klang und Meiner Qualität gehören. Radau und Zwiste gibt es bei Mir keine, derweil die halbe Welt auf deiner Nasenspitze tanzt und dich verwirrt und ängstich macht nach Noten. Du brauchst nur ein einzig Mal in deine gottbegnadeten und unberührten Tiefen wahren Seins hinabzutauchen um von dem begeistert, überzeugt, beglückt und angefacht zu sein, was du dir wirklich Bist in Meinem Sinn und Geist und Meinem Überragen.

Mehr als blosse Hoffnung ist die Seinsgewissheit, die dich dann beseelt, wenn alle Ströme reiner Gutheit und Beständigkeit von Mir in dein zutiefst beglücktes Wesen fliessen. Du spürst die Einheit aller Dinge im Allhier und darfst dein Sein in Meinem allumfassenden und liebeszärtlichen aufs Innigste geniessen.